위풍당당 여우 꼬리 3 : 핼러윈과 어둠 숨바꼭질

威風凜凜的狐狸尾巴

3 守護友情的勇氣之戰

孫元平 著　萬物商先生 繪
吳佳音 譯

本書獻給真正需要勇氣的狐狸們

登場人物介紹

權杰

擁有一副不爲人知的祕密模樣，總是獨來獨往，萬聖節時，做出了讓大家驚訝的事！

韓詩浩　韓知浩

性格截然不同的雙胞胎姐弟。姐姐詩浩冷靜且機智，弟弟知浩向來悠然自得。萬聖節時，分別打扮成老虎和熊。

爸爸　媽媽

媽媽擁有九尾狐血脈，遺傳給丹美，並擁有自己的工作坊，會在工作坊裡製作萬聖節用品，也會告訴丹美關於節慶的意義。丹美的爸爸是個暖男，但在丹美陷入危險時，表現判若兩人。

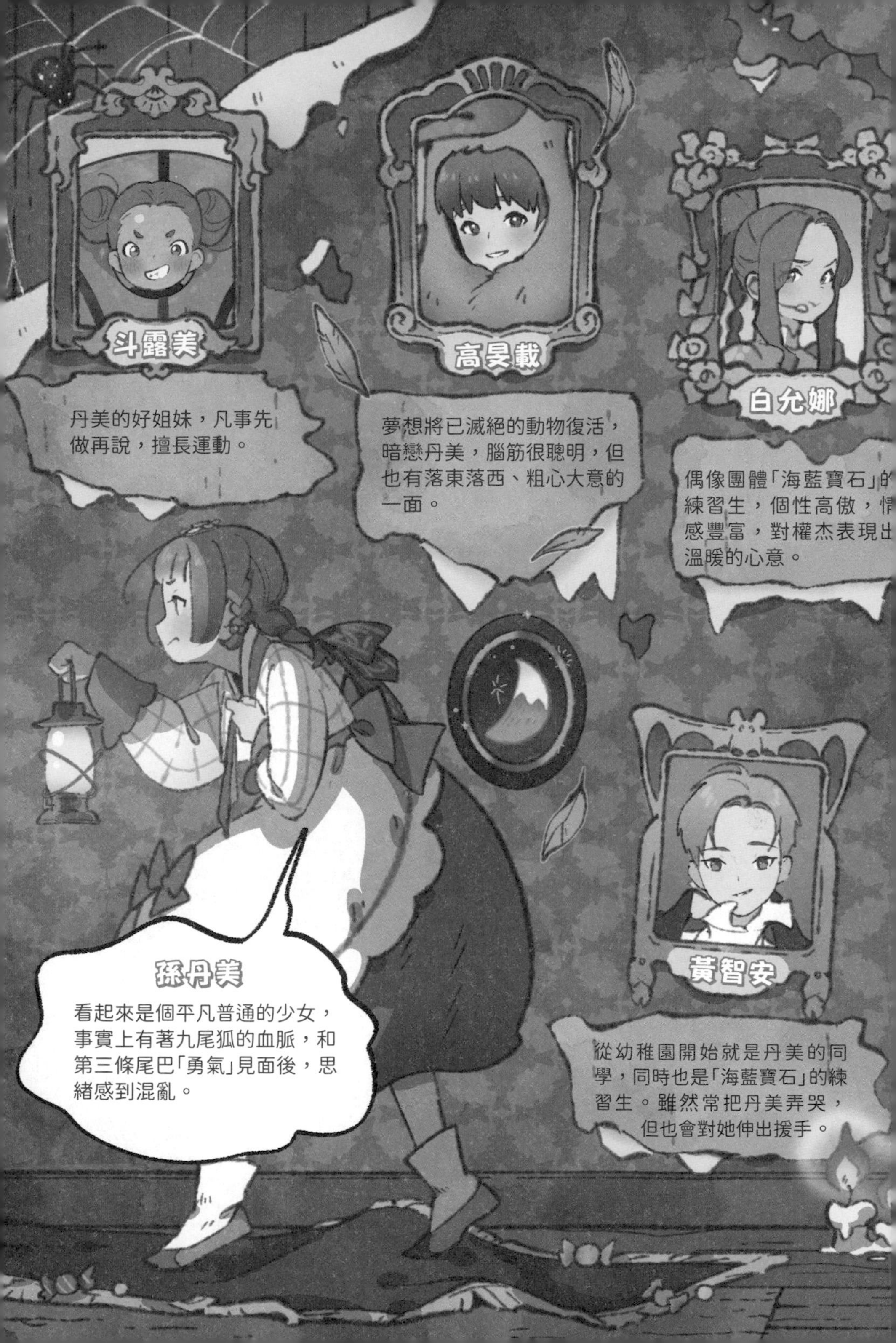
斗露美
丹美的好姐妹，凡事先做再說，擅長運動。
高昊載
夢想將已滅絕的動物復活，暗戀丹美，腦筋很聰明，但也有落東落西、粗心大意的一面。
白允娜
偶像團體「海藍寶石」的練習生，個性高傲，情感豐富，對權杰表現出溫暖的心意。
孫丹美
看起來是個平凡普通的少女，事實上有著九尾狐的血脈，和第三條尾巴「勇氣」見面後，思緒感到混亂。
黃智安
從幼稚園開始就是丹美的同學，同時也是「海藍寶石」的練習生。雖然常把丹美弄哭，但也會對她伸出援手。

目錄

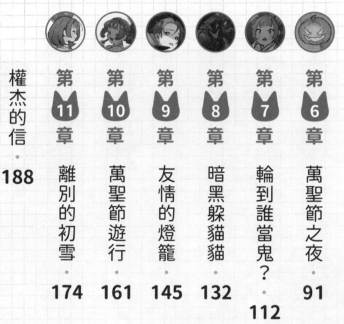

序言

警告狀

如果你不喜歡恐怖故事，最好不要繼續往下看。因為……現在我要說的故事，可能會令人不寒而慄，甚至覺得非比尋常、

毛骨悚然。但如果你聽完之後，覺得整件事情根本不足掛齒，那也很好，因為發生在我身上的這件事真的不是件小事。

至少對我來說，它不是一件微不足道的事。因此，我要再次警告，如果擔心的話，現在就把書闔上吧！

但是我可以拍胸脯保證，

因為這本書是孫丹美的故事，所以一定能讓你有所收穫。

現在，還沒有把書闔上的人，就先握緊拳頭吧……

要從哪裡開始說起呢？

從這邊開始好了——你知道嗎？可

怕的事情不會只在夜晚發生！在明亮的白天，說不定有什麼令人毛骨悚然的事情，在等著我們呢……

這次也是這樣，當大家正享受著美麗的楓葉、開心的準備歡度萬聖節時，事件已經悄悄展開……

第1章

萬聖節計畫

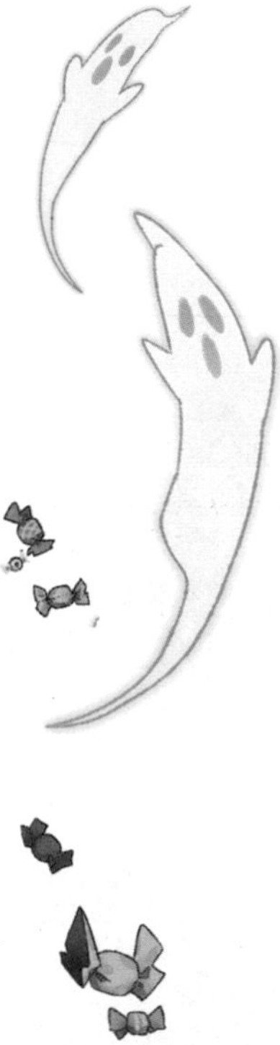

一年之中，如果要我選出最期待的日子，第一個就是聖誕節；第二個就是我的生日；第三個……對每個人來說可能不一樣，但如果是我，連想都不用想，那就是……萬聖節！

在萬聖節這一天，我不只可以吃糖果、巧克力跟老鼠軟糖，而且想吃多少就吃多少。

涼爽的秋風，還有街上隨處可見的楓葉，以及表情雖然看起來令人發寒，裡面卻有溫暖光芒的南瓜燈。讓人心

時間：10月31日 萬聖節 晚上8點
場所：森林公園
活動內容：萬聖節遊行、
不給糖就搗蛋、歡樂市集
參與對象：柔軟里的每位居民！

頭發顫的同時，帶給大家舒服又愉悅的萬聖節。就像在冷冷的秋天裡，躲在溫暖的被窩吃橘子。然後還能穿上平常絕對不會穿的服裝，裝扮成另外一個人，這樣的氣氛實在是太棒了！

這次的萬聖節之所以如此特別，其實還有別的原因。根據社區居民自治會的討論結果，今年的萬聖節，將會在社區裡的森林公園舉辦一個男女老幼都可以參加的活動。

看到路上隨處可見的南瓜海報，我不禁歡呼起來！只要是我們柔軟里的居民，不管是誰都可以參加，光想到這點就覺得超酷的！

知道這個消息之後，雀躍的不只我一個人，隔天到了學校，同學們也都在討論即將到來的萬聖節活動。大家的臉上充滿著興奮的神情，不停討論要穿什麼服裝、並說著自己當天的計畫。

「我決定要打扮成老虎！」詩浩用響亮的聲音說。

「你們知道嗎？其實萬聖節不是我們國家的節日。不久前，我還因為大家沒有好好慶祝開天節[1]而感到可惜呢！開天節不但有特別的意義，而且也是十月的節慶，所以，當然要打扮成熊和老虎啊！為了讓開天節也能像萬聖節一樣受到重視，所以我決定要裝扮成老虎。」

1 編注：「開天節」意思是天空被打開了，韓國人為了慶祝國家成立而訂下的節日。原本訂在農曆十月三日，之後改成了國曆十月三日，韓國人每年都會慶祝這個節日。

「可是……為什麼熊和老虎這兩種動物，妳會挑老虎啊？」詩浩被我這麼一問，繼續回答：「檀君神話裡，最後無法變成人類的老虎[2]真的很可憐。只有變成人類的熊受到大家關注，老虎就是個失敗者，只能出現在圖畫裡。」

「難道你想要主張動物也有什麼權利嗎？」旻載說。

聽了旻載的話，詩浩笑著說：「你這樣講，好像把我講得多麼了不起，其實我沒有想那麼多，我只是想跟朋友一起參加活動而已啦！」

「對啊！而且熊是我要扮演的角色呢！」跟姐姐不同，知浩的話簡短許多。

大家嘻嘻哈哈的談笑著。知浩竟然要打扮成熊？光是用想像的就覺得非常可愛，但知浩根本搞不懂為什麼大家會笑成這樣，一愣一愣的看著笑到肚子痛的我們。

「說到打扮成動物，我打算扮成渡渡鳥。」旻載一邊說一邊拿著造型圖片給我們看。

「拜託！」智安嗤之以鼻的指著渡渡鳥說，旻載有點不知所措的搔了搔頭。

2 編注：韓國有一個神話傳說是熊和老虎躲在沒有光的洞穴裡，連續吃艾草和大蒜一百天後，就可以變成人類，但是老虎中途放棄了，而熊在一百天後變成了漂亮的女生。

露美笑著對旻載說：「旻載，這個打扮確實有點好笑。但是，那也沒關係呀！反正這是慶祝活動，做一些平常不會做的事情很正常。」

「嗯，我一直希望渡渡鳥能夠復活。雖然牠已經滅絕了，但是，如果我參加這個活動，把自己扮成渡渡鳥，不就可以讓大家知道渡渡鳥的存在嗎？雖說渡渡鳥的服裝真的很難製作……但是不管怎麼樣，我還是想要試試看！」旻載說。

我想像著旻載扮成渡渡鳥的模樣……心情突然覺得有點複雜，不過

還是支持他的想法。

「露美，妳想到要扮什麼了嗎？」

「我要扮成籃球！」

「什麼？不是扮成籃球選手，只是扮成一顆球而已？」

連身為好友的我都覺得很驚訝，不禁大聲驚呼

起來，露美則得意的笑著。

「不一定要扮成什麼很可怕的東西吧？萬聖節那天早上，我就會變成一顆很大的籃球了！」

「聽你們這樣說，我的計畫看起來好像很平凡呢！」智安雙手環抱在胸前。

「我目前的計畫是變成德古拉伯爵。」

「伯爵？黃智安，你說你嗎？」

「怎麼了？如果我扮成吸血鬼，會不會讓大家『哇！』，然後眼睛為之一亮呢？」

我笑到停不下來，而智安還是一副充滿自信、得意洋洋的樣子，一點都不受影響。

「大家就試著體諒他一下吧！智安總有令人感到意外的一面，那就是特別的純真。」

不知道什麼時候出現的允娜，從她的口中聽到這些話，讓我有一種不太真實的感覺……允娜一出現，大家不由自主的集合起來。

經過冷颼颼露營日和友情測試機的事件後，大家的感情變得更融洽了。允娜會扮成什麼呢？我覺得她可能會打扮成某個小精靈，或者動漫裡的公主角色，但是允娜一開口，我才發現我們的想法根本差了十萬八千里。

「我們公司有一套我很久以前就想穿的舞臺服，是我的偶像Dion出道時穿的。而且她說可以借我穿！如果可以穿上那套衣服，就會覺得自己好像也成為正式出道的偶像一樣！」

允娜用十分夢幻的語氣說著，接著她看向我。

「孫丹美，妳呢？」

被她這樣一問，所有人的視線全部轉向我。該來的還是來了！怪不得我從剛剛就感覺心驚膽跳的……

「無可奉告！」我說出早就想好的答案。

「什麼啊！我們都說出來了呢！」

我緊張的朝著智安聳聳肩：「抱歉、抱歉……其實不是不想跟你們說。而是……我還沒決定好啦！我為了這件事已經好幾個晚上都睡不著，目前也沒有想法，一點頭緒也沒有。」

「對啦、對啦！雖然我是丹美的好朋友，但她要扮成什麼我也都不知道。所以她是真的還沒有想法啦！」露美拍拍我的肩膀附和著。

「丹美，我真的非常好奇妳的裝扮！」

「會打扮成什麼厲害的東西呢？」

「我們可以期待一下吧？」允娜和旻載輪流說著。

「當然啊！我一定會打扮成超厲害的角色，大家拭目以待吧！不管你們想的是什麼，絕對會出乎你們的意料！」

話雖然這樣說，但是說完之後，我的煩惱更大了，因為我的腦袋裡完全沒有任何的想法。

剛聽到要舉辦萬聖節活動時，我的確非常心動，因為這個機會十分難得。不過，這也表示要跟平常不一樣，才會讓我覺得很煩惱。看著那些已經想好裝扮的朋友，我不禁羨慕起他們。

這時候，我發現權杰從剛才到現在，他就跟平常一樣，一個人坐在角落。在人群當中，我往往是第一個注意到他的，所有的同學都跟自己的朋友聚在一起，完全沒有人去找他講話。

權杰也會參加萬聖節的活動嗎？他會打扮成什麼樣子呢？權杰應該也想和大家一起討論這件事情吧？但是他好像總是一個人，會不會……他真的想跟大家保持距離？我去問問他好了。

就在這個時候，老師一邊發出乾咳聲，一邊走進教室，大家紛紛回到自己的位置上，我也忘了想去找權杰講話的事。

第2章 大家來找碴

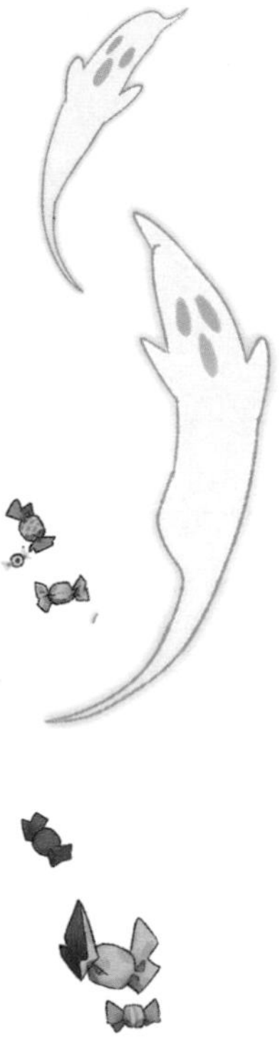

大家都因為萬聖節的到來感到雀躍不已，媽媽的工作室也變得忙碌起來。因為活動即將來臨，來了很多特別的訂單。媽媽熬夜縫製衣服、替配件上色，忙得不可開交，工作室裡布滿了用毛線做的蜘蛛網，還有黑壓壓的衣服，看起來就像魔女的閣樓。

「看來大家真的很重視萬聖節呢！每個人都好用心。丹美啊，妳想到要扮成什麼了嗎？」

媽媽原本在替電燈泡上色，突然開口問我。為了讓整個工作室更有萬聖節的氣氛，媽媽自己也穿上黑色的洋裝，還戴了一頂有發光珠珠、外型歪七扭八的魔女帽。

「還沒，可是我的朋友都想好了，只有我什麼都想不到。」

聽我這樣說，媽媽卻一派輕鬆的說：「有什麼好煩惱的？就扮成妳心裡想的那個角色就好啦！」

「所以才說不行啊！我想到的那些都很平常，沒什麼特別的，但是這樣就不好玩了！而且我是真的很想參加慶祝活動……話雖然這麼說，卻什麼都沒有準備，這樣是不是很怪啊？如果只是去慶祝活動的話，就好好去玩就好，現在還要在這邊擔心這麼多事，哎呀！人生怎麼這麼

難啊！」

媽媽笑了出來，溫柔的摸摸我的頭。

「不要想得太複雜，平常的裝扮也好，大眾化的打扮也不錯。既然是慶祝活動，就好好去玩、開心享受最重要！現在想想看，什麼樣的裝扮會讓妳覺得有趣呢？」

我認真的想了一下，說道：「朋友們也沒有扮成什麼特別的角色，好像……真的都只是扮成自己喜歡的模樣而已。」

渡渡鳥旻載、籃球露美、還有穿著舞臺服的允娜……想了想媽媽的話好像真的沒錯！是不是只有我把一切想得太難了？

可是我還是覺得很鬱悶，我的內心深處有什麼是我想要裝扮的嗎？我該如何知道自己到底想扮成什麼呢？

媽媽把小燈泡掛到燈具上面，說了一句話：「話說，丹美啊！妳知道為什麼會舉辦這個活動嗎？舉辦這個活動的宗旨是什麼？」

「活動的宗旨？」

「活動期間可以做一些平常被禁止不能做，或者平時忍住不做的事情。也就是說，妳可以勇敢表現妳自己。」

啪！

媽媽把剛完成的作品放到我面前，它是鬼屋的造型，上面有許多幽靈靠著窗、張開嘴的樣子。按下開關後會發出一閃一閃的光芒，就像整個房子裡都充滿了幽靈，但還不至於讓人害怕，那是一個非常符合萬聖節，充滿節慶感的可愛燈飾。

我環視媽媽工作室的每個地方，幽靈、蜘蛛網、角落裡被捆在一起的娃娃、令人起雞皮疙瘩的黑漆漆小飾品……如果平常看到這些東西，通常會想要避開，但因為是萬聖節，就會感覺聚在一起也不可怕了。

這跟威尼斯的面具節、巴西的里約狂歡節慶典有異曲同工之妙。萬聖節活動，就像是平常被禁止的高牆倒塌了，平常被我們指指點點，覺得奇怪的東西都能夠和平相處。換句話說，那是一個不管和誰都可以成為朋友的日子！

如果慶典具有這層意義，那就代表……我們可以將埋藏在內心深處的事物，自然的展現給大家看，對吧？

一想到這裡，我的腦袋就像有一顆燈泡突然「啪」的被打開了！我前幾天真像個傻瓜似的，一直在煩惱這件事呢！原來答案早就呼之欲出，我腦海裡浮現的是……

「媽，我決定了！這次萬聖節我決定要扮成九尾狐！」

我一邊大聲喊叫，一邊從座位上跳起來！我起身帶動的氣流還把媽媽的魔女帽吹倒了。

媽媽瞪大了眼睛，驚訝的看著我。

「真的嗎？」

「對啊！」

聽見我這樣回答，媽媽開心的說：「我的乖女兒，妳真是比媽媽想像的還要勇敢，對吧？」

「為什麼？難道這會是個危險的計畫嗎？」我猶豫了一下。

媽媽看著我，搖搖頭。

「既然鼓起勇氣了，那就試試看吧！媽媽會為妳做一套全世界獨一無二的九尾狐衣服，妳就放心裝扮成帥氣的九尾狐吧！不過……」

媽媽興奮的說著。突然，她的眼睛瞇得細細長長，清了清喉嚨說：

「尾巴的部分，應該不用真的準備九條吧？」

「咦？媽媽，這是什麼意思……九尾狐當然有九條……」原本準備把話說完的我，因為驚訝而張大了嘴巴。

「該不會要把尾巴全露出來吧？」我說。

媽媽假裝聽不懂我在說什麼，她先是把帽子扶正，再把一閃一閃的幽靈燈放到架上之後，接著說：

「所有事情都會因為妳的決定，而有不同的結果，媽媽想說的只有一句話——這是一個妳可以把祕密揭露出來的好機會！」

「但是……」我的猶豫還沒完全消失，所以也無法把話好好說完，但是腦袋裡好像有什麼計畫即將要誕生……這種感覺越來越強烈。

「祕密可以不再是祕密，然後展現出來嗎？如果可以的話……我想要試試看，媽媽！」

「當然啊！萬聖節活動不是在晚上舉辦嗎？妳可以悄悄的展現祕密給大家看，同時又不會被發現是真正的祕密。」

媽媽好像比我還要興奮呢！

就這樣，活動的時候，我會扮成九尾狐，不對，是以九尾狐的身分享受慶典。當我想出這個計畫時，內心有個地方正在蠢蠢欲動，雖然已經到了睡覺時間，我也已經躺在床上，但是很奇怪……我就是睡不著，整個腦袋都在想這件事。

我想像自己和打扮成各種角色的朋友一起參加活動，大家一定都會表現出和平常不一樣的樣子，但我卻不是。

萬聖節的時候，我要把真的尾巴露出來，就像在玩大家來找碴。而且，竟然可以公開說我是九尾狐！

光想到這一點，我就覺得頭皮發麻，要是被大家發現了怎麼辦？要是有人發現我真實的一面該怎麼辦？要是大家對我指指點點，又該如何是好？我開始緊張擔心起來。

正當我這麼想的時候，背部傳來一陣痠痠麻麻的感覺，雖然還沒有露出來，但是我很清楚——這是第三條尾巴。

有點奇怪，從背部傳來的感覺跟之前的感受不太一樣，我有一股很強烈的預感，覺得這次的尾巴並不會按照我的希望行動。如果可以按照我的方式處理，我當然會馬上把她召喚出來，但是這次卻跟我的意志沒有任何關係，我想著想著，開始有點睏了。

在我睡著之前，突然看到牆上有一個影子……從窗戶照進來的影子本來就那麼大嗎？接著，好像有一件很大的毯子蓋在我的身上，我就慢慢的沉睡了。

那天晚上，我夢到萬聖節的慶典，雖然完全想不起來夢的內容，但是，那是個黑漆漆又非比尋常的夢，說不定那是慶典即將到來而出現的警告！誰知道呢？

第3章

膽小鬼丹美

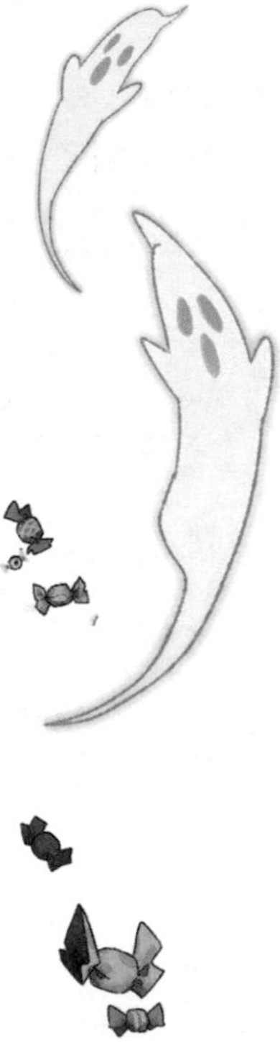

數學課的時候，酷酷嫂老師正在解釋小數點，老師的說明很有趣，我專心的聽著。老師說生活中有很多地方會用到小數點，說著說著，老師突然在黑板寫了一個很大的數字，然後對著我們說：

0.618

「這個數字代表什麼？有誰知道呢？」

黑板上寫的數字是0.618，大家紛紛歪著頭。

「那個數字是什麼呢？好像常常看到！但是一下子想不起來……」

旻載喃喃自語的說，連班上第二強的數學高手詩浩也沉思著。

但是我知道——答案就是「黃金比例」！

我會知道答案，不是因為我最愛的動漫偶像奧爾森，而是因為我有關注「奧美洋」的緣故。

至於「奧美洋」是何方神聖呢？她是奧爾森的妹妹。當奧美洋與暴徒們對決時，她說的帥氣臺詞我可以一字不漏的背出來——

「黃金比例！我將以0.618的法則處決你！」揮舞著明亮璀璨的光劍，擊退壞人的奧美洋，她的聲音好像在我耳邊迴盪。

「真的沒有人知道嗎？」

老師看了看大家，跟我一樣都是奧爾森粉絲的詩浩，好像也沒有像我一樣知道那麼多關於奧美洋的事情。我好想舉手跟大家說：「那是黃金比例！」但是我仍緊閉嘴巴，忍耐著不做出反應。

「真的一個人也沒有嗎？猜對的人會有一個驚喜禮物喔！」

老師這麼一說，我的心臟撲通撲通的狂跳，班上竟然只有我知道答案？我當然不能放過這個大好機會……

就在我準備要舉手的瞬間，老師突然說出答案：「答案就是『黃金比例』。好可惜！老師本來計畫的禮物，就是到這一單元結束為止，都不用交作業！」

「啊！對啦，黃金比例……竟然忘了這回事！」

「就是黃金比例啦！我知道1:1.618，但是竟然忘記除法了。」

旻載因為感到可惜，拍了桌子一下，詩浩則是點點頭。

我咬緊下脣，覺得自己剛剛就像個傻瓜一樣猶豫著，錯失了機會。

之後我就再也無法專心聽講，真後悔自己沒有早點舉手。

「丹美，妳怎麼了？」

下課時，我全身無力的趴在桌上，露美見狀過來關心我。一開始我說沒事，但在她不停的追問下，我還是告訴了她：

「其實啊……剛剛我知道那個答案就是『黃金比例』。但是因為沒有勇氣舉手，所以就錯失機會回答了……啊，怎麼會這樣呢？到現在還是覺得很後悔！」

「就因為那件事，妳才懊惱到現在嗎？也是啦，可以不用交作業，當然會覺得很可惜！但是，如果妳真的舉手，說不定禮物會是其他東西，頂多是鉛筆或者筆記本之類的吧！妳想想看，酷酷嫂老師怎麼可能讓學生不交作業？那是因為沒有人猜中，老師才那樣說的啦！」

露美一邊拍著我的肩膀，一邊分析給我聽。

「是這樣子嗎？反正我就是覺得很可惜，雖然這也不是什麼真的讓人委屈的事情，嗚嗚嗚……」我靠向露美的肩膀，假裝哭了起來。結果她反而大笑出來，聽到她的笑聲後，我覺得心情好多了。

其實以前我也曾經這樣，在人群面前，想要把想法說出來的時候，卻因為錯過機會而感到後悔。明明想法很不錯，但是卻錯失了帥氣的發表時機，都是因為當下缺乏勇氣。

正當我想著這件事的時候，旻載從我旁邊經過。

要是剛剛我可以把答案說出來，旻載一定也會覺得我很帥氣吧？而且，說不定我們會變得更要好一點……

「丹美，妳為什麼那樣看著我？我臉上有沾到東西嗎？」

旻載不論什麼時候都很親切，但因為我有點不知所措，只好支支吾吾的說：「我擔心你又不小心把什麼東西打落，造成危險，才會看你。」

聽我這樣一說，他似乎想起在允娜家發生的事，旻載突然滿臉通紅。

「原來是這樣啊……」

他的語氣聽起來充滿了失望，慢慢走回自己的位置。剛剛跟我說話的時候明明還嘻皮笑臉的，現在他臉上的笑容完全消失了，我又嘆了一口氣，像昏倒般再次趴在桌上。

「丹美啊！這次又怎麼了？還因為黃金比例不開心嗎？」雖然露美這樣說，但這次我卻無法把真正的原因說出口。

「沒有啦！沒什麼……只是腦袋裡好像有很多東西，頭有點暈。」

本來「孫丹美」這三個字等於「實話實說」……但是，這也不是謊話啊！是因為「勇氣」吧？不管什麼時候要我鼓起勇氣，都是一件很困難的事情。

那天，在回家的路上和露美分開後，我靜靜的走著。不知道從哪裡傳來刺耳的聲音，我環視四周，卻沒有看到任何東西。

突然間，有一個尖酸的說話聲和輕蔑的笑聲在我耳邊出現。那些聲音在建築物之間小小窄窄的空間裡迴盪，我小心翼翼的左顧右盼。接著，我看到一個男孩跟一個女孩站在小巷子的中間。

「嘿！我們剛才明明跟你打了招呼，為什麼你無視我們的存在就走掉？你是不是看不起我們？」男孩雙手插腰、大聲謾罵著。

「他會紅就是因為不會跟人打招呼，所以三年級的時候，大家才討厭他啊！你不知道嗎？」女孩咄咄逼人的說。

這兩個人的心眼真的是壞極了！接著有個人被推到牆上，垂著頭，根本看不見他的臉。

「而且我連他的名字都討厭，權杰？那是什麼名字啊？」

「不重要的人，我是不會打招呼的！」一個細微的聲音喃喃自語。

咦？中間垂下來的頭髮，加上冷冰冰的眼神……正是權杰！

「是嗎？我們該怎麼跟不會打招呼的人一起玩呢？」女孩用力拍了一下權杰的肩膀，模樣真是討人厭。

「是這樣子的嗎？」男孩逼近權杰。

「你真的不想……跟我們打招呼嗎？」女孩似乎知道他在想什麼，也跟著笑了起來，那兩個人慢慢的靠近權杰，權杰向後縮著身子。

那一瞬間，權杰充滿恐懼的瞳孔和我的眼睛對上了。權杰……似乎在向我求救，但是我整個人像石頭一樣沉重，雙腳好像黏在地板上，身體完全動彈不得，就在那時候——

「丹美！」

馬路的另一邊，傳來爸爸的聲音。爸爸今天放假，所以有時間來接我下課。

「爸爸，我在這裡！」我大聲喊叫著。

「我在這——裡！」

我又大喊了一次，這次我刻意更大聲的喊叫。

那兩個人聽到我的聲音後，因為驚嚇往後看，那一瞬間，權杰的眼神讓我好焦急，我失去理智般朝他奔去！完全忘記爸爸在等我，路上車子紛紛「叭！叭！」用力煞車，一臺貨車緊急停在我的旁邊。

在車陣之間，爸爸跑了過來，奮力把我拉到人行道上。

「孫丹美，妳到底在做什麼啊？」爸爸上氣不接下氣的大喊，爸爸只有在非常生氣的時候，才會連名帶姓的叫我名字。

「爸爸，對不起。我以為我可以用很快的速度通過馬路……我以為只要鼓起勇氣快速的走……」

「勇氣？妳的意思是妳剛剛那個行為很勇敢嗎？」

爸爸的話讓我無法回答。不論何時總是很親切的爸爸，在我陷入危險的時候，簡直變成另外一個人。雖然知道爸爸是在擔心我，但還是感到很沮喪。不管如何，爸爸用那麼可怕的聲音講話，真的讓我好難過。

「我只是想要快點過來而已……」雖然真正的原因是為了嚇唬那兩個人離開才會這樣，我還是編造了一個理由。

爸爸不發一語，把我的書包拿過去，背在自己的肩上。

「以後要小心一點！如果妳陷入危險，不只是爸爸，媽媽也會很擔心的，知道嗎？」

我點點頭。但是回到家之後，我的心情依然不太好。早上發生的那些事情，到現在還是沒有答案。

爸爸永遠也不會知道我今天經歷過的事，就算我知道答案，也因為說不出口而感到後悔——怕朋友發現我對他的關心，為了幫助在困境中的朋友我大聲喊叫，沒注意紅綠燈直接穿越馬路……我突然對自己感到很失望，覺得很無力。

只要想起權杰縮在小巷子裡的害怕模樣，我的心就十分沉重。權杰會怎麼看我呢？他會認為我衝過去是要幫助他嗎？還是他會覺得我不顧他的安危呢？我覺得自己已經鼓起勇氣了……啊，不是那樣的，勇氣到底是什麼？勇氣什麼時候才會出現呢？

當我被這些複雜的思緒包圍時，我的背部突然有一股小小的，像漩渦般癢癢的感覺出現了，但是又跟其他尾巴要出現時的感受不一樣，就像是大蟒蛇從腰部隱隱滑過去，那種滑溜的感覺，很快的朝背部擴散。

就在那個瞬間，眼前有個黑影咻的一聲掠過，我原本以為是自己眼花，但是就在我的背上……第三條尾巴無聲無息的出現了！

第4章

第三條尾巴

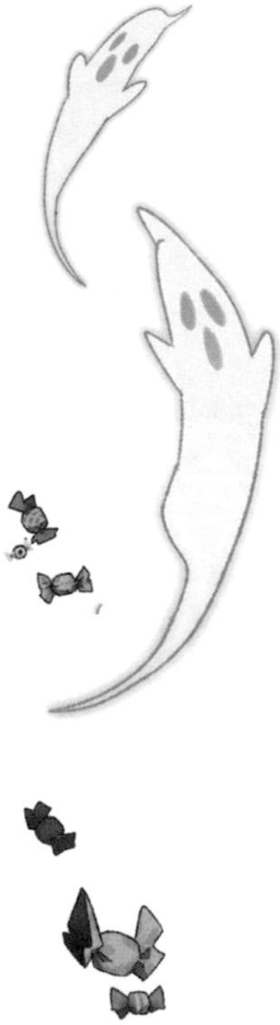

一片黑暗中，可以看到一個小女孩髮長及腰，閃耀著紫色光芒，她就像一位臨時登門拜訪的客人，面向窗外站著。

我以為看到第三條尾巴的時候，會因為習慣而反應淡定，但是當我看到她的背影時，還是不由得緊張了起來。

「妳害怕嗎？」

小女孩喃喃自語，冷冰冰的語調還帶著嘲諷的口氣，連一聲哈囉也沒有，還間接暗示我是膽小鬼？

「妳給別人的第一印象也太沒禮貌了吧？」我不認輸的回話。

小女孩轉過身，跟我長得一樣的臉龐，綁著一條短短的紫色辮子，她的臉上完全沒有笑容，滿是陰沉。

「我們之間需要打招呼嗎？」她面無表情的問著。

看到她這個模樣，我不禁懷念起上次見面的橘色尾巴。那時還覺得

她太過調皮，但是重新想想，熱情的態度總比這位冷漠女孩好吧？

「不論是誰，第一次見面都要打聲招呼吧？如果不想打招呼，至少也要面帶微笑，我知道妳是第三條尾巴，妳只需要跟我說妳是什麼樣的尾巴就好了。不然，我先自我介紹，雖然妳應該已經知道，但我還是再說一次，我叫丹美。」我伸出我的手，但是那個女孩只是瞄了我一眼，又再次轉過身去，我收回伸在半空中的手。

她遙望窗外，以一種我似乎聽得見，但又聽不清的聲音說：

「勇氣……我是勇氣的尾巴。」

聽到她這樣說，我突然啞口無言。「勇氣」的尾巴？這是一條我從來沒想過的尾巴。如果是勇氣的尾巴，應該是英勇威武，或力大如牛這類型的吧？再不然，至少也要像陽光般充滿朝氣。

但是我眼前這位自稱是「勇氣」的尾巴，卻和我聯想到的完全沾不上邊。她似乎讀到了我的想法，再次開口說：「我知道妳覺得我一點都不像勇氣的尾巴……」

「確實是這樣，不管是哪種勇氣的尾巴，我覺得……應該都不是你現在這個模樣。」

我話才說完，小女孩有點可怕的轉過身，態度尖銳的反問：「妳這麼評論我，那妳平常又是怎麼行動的呢？」

我假裝鎮定，回答她的問題：「嗯……這個很重要嗎？妳不就是為了幫助我才來的嗎？」

「幫助？我只是在妳需要我的時候出現，而且，邀請我參加萬聖節活動的人，不也是妳嗎？我確實收到那樣的信號……」她說的這番話讓我慌張不已。

「啊？那個……我雖然想要妳出現，但我不知道那會是妳。」我隨口回答。我以為跟我一起參加活動的尾巴會是很酷的……我努力隱藏這樣的想法。但是，她好像發現了，她雙手環抱在胸前，仔細看著我，擺出對我有點失望的表情。

「這麼說來，我應該回去跟其他尾巴交換出場順序嗎？」小女孩用不太開心的口氣說道。

「不用啦！妳都出來了，怎麼能回去！」我急忙揮揮手。

第三條尾巴跟其他尾巴真的很不一樣。雖然她們都一樣大膽，但是這次的尾巴卻很小心眼，想怎樣就怎樣，我行我素，不過她這個樣子好像又跟我有點像……

「既然妳是勇氣的尾巴，那我有些事情想要問妳。其實……我不太知道什麼是『勇氣』，我以為我知道……但我最近發生一些事，總是感覺腦袋一團混亂。在什麼樣的情況下，要做什麼事情，才是有勇氣的表現呢？」

我垂頭喪氣的說著，女孩的情緒也稍微平靜下來。

「這是當然的啊！『勇氣』是很複雜的。並非隨時隨地都挺身站出來，就是有勇氣的表現，那是人們對它最大的誤解。」

「對啊！我今天遇到好幾件事，仔細思考後，發現好像全部都是跟勇氣有關的事情呢！」我一說完，小女孩露出一副好像什麼都懂的表情，還噘了噘嘴。

「上課時不敢舉手、對朋友說出難聽的話、不管紅綠燈差點出事，甚至假裝不知道朋友正處於困境……」小女孩一口氣說完。

聽她這樣說，我頓時感到委屈。

「不是那樣的，我也有苦衷！」

「真的嗎？」女孩望著我，她懷疑的眼神讓我很受傷，既然她是來幫助我的，為什麼現在卻要把我弄哭？

「對，不管我現在說什麼，聽起來都像在找藉口，那我就不說了。」

但是……我明明希望下一條尾巴的出現，是在萬聖節活動的時候幫助我，不要讓我落入危險，我真的是這樣想的。」

聽我這麼一說，小女孩挑了挑眉。

「真的是這樣嗎？」

我盯著小女孩看，點了點頭。

「嗯……光是想到朋友們可能會發現我是九尾狐這件事，我就覺得很害怕。」

「現在妳的態度很不錯，我指的是妳能承認自己的弱點。」

她放下交疊在胸口的雙手。

小女孩接著說：「不要急著一次就想要解決身邊的所有困難，在萬聖節活動時，如果妳跟我在一起，將會發現一些跟勇氣有關的事。」

「希望如此！」當我這樣自言自語時，女孩的眼神看起來有點微妙。

「但是……我不知道妳能不能承受……比起妳，我的力量更大。」

「妳的力量比我大？那是什麼意思？」

「我不像妳想的那麼懦弱、好欺負。當妳需要勇氣的瞬間，我可能會躲起來，什麼事情都沒辦法做，像個膽小鬼。不該出面的時候，我可能會挺身而出，讓事情變得難以處理，冒冒失失的。而且我還可能什麼事情都說是別人的錯，很卑鄙。」

小女孩說了一些像謎語般的話，但是，不論她的話是什麼意思，我已經想要從這混亂的情況退出了。

「跟妳聊完後，我覺得自己好像跟妳有點像。如果勇氣有很多不同的意義，那我知道了！」我看著她說。

「都這個時候了，我就『勇敢』的跟妳說吧。我現在該睡了，所以妳也該回去了！」我就像在命令她一樣。

小女孩驚訝的看著我。

「如果這是妳想要的……」接著小女孩就消失了。

那天晚上我在床上翻來覆去，久久無法入眠。

小女孩所說的話，在我腦海裡不停迴盪，這個留下謎題的第三條尾巴真是令人傷腦筋。

我只是想跟朋友愉快的度過萬聖節，如此而已。如果不小心發生什麼重大事件，這個活動真的會難以收拾。

所以我重新思考，是不是該改變計畫？還是不要扮成九尾狐參加萬聖節好了，但是我的直覺告訴我，一切都太遲了。

也就是說，我即將和接下來要發生的事情正面交鋒……

第5章

有人在說謊

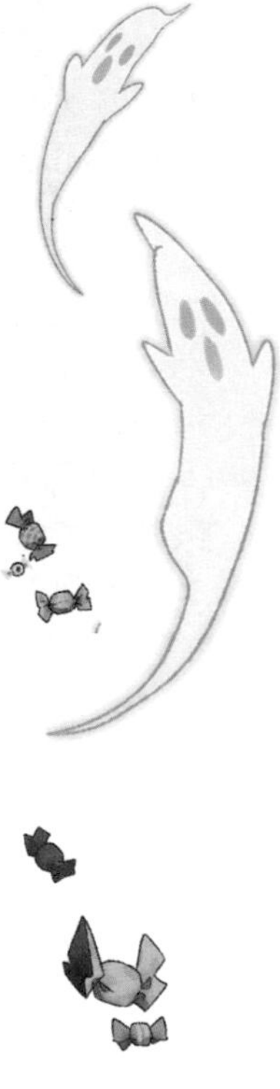

大家期待的萬聖節終於到來了。

白天上體育課時，同學們在前往體育館的路上，不停討論晚上的萬聖節活動。老師為了讓我們專心上課，吹了好幾次哨子提醒大家。

「嗶！同學們請安靜！老師知道今晚要舉辦萬聖節活動，大家都很興奮，但是也有同學沒有參加，所以在學校請先停止討論。秋季運動會快到了，今天我們就來訓練『兩人三腳』。現在大家請按照自己的座號分組，兩個人一組。」

大家聽完老師說的話，紛紛移動腳步。但是，我們班的人數是奇數，所以會有一個人沒辦法分組。

分組完畢，站在最後的人是權杰，老師摸了摸下巴說：

「我忘記我們班的人數是奇數了。權杰，你跟老師一組！老師有多帶一條繩子，放在辦公室，你先坐在旁邊等我，其他人先開始練習兩人三腳。」老師說完就離開了。

我們開始把彼此相貼近的腳綁在一起，雖然有點難度，但是很好玩。大家嘻笑玩鬧著，因為老師不在體育館裡，很快就變得吵雜起來，喊叫聲也越來越大。

善柔和我同一組，我們兩人因為覺得這個樣子十分有趣，笑到無法停止，但是我環顧四周後，看到獨自坐在角落的權杰。

權杰看起來既抑鬱、又沉悶。我正這麼想的時候，善柔叫住了我：

「丹美，東張西望的話會跌倒的！」

「啊！抱歉！」

我們繼續練習，體育館裡充滿了喧鬧聲。過沒多久，我再次瞥向權杰……此時，他的前面站了兩個人，就是上次在小巷子裡欺負權杰的那兩個人，他們現在竟然站在他的面前！

他們怎麼會在這裡？我有不好的預感，但是在善柔的口號下，我只能繼續向前走。

「啊！」

突然傳來尖銳的哀號聲，我們全部停了下來。

所有人都望向權杰，只見權杰雙手緊握著拳頭，他面前的兩個人摔倒在地上，老師剛好在這個時候出現了。

「發生了什麼事？」老師急忙問道。

那個男孩抱著膝蓋，指向權杰：「他突然推我！」

「我們只是問他為什麼會一個人在這裡，他就叫我們不要跟他講話，還把我們推倒！」另一位女孩也哀號著。

權杰火冒三丈的看著他們，老師擺出嚴肅的表情說：「權杰，這是真的嗎？」

權杰搖搖頭，凌亂的頭髮遮住了他的雙眼。

「不是的……不是那樣的……」

「你們看，他自己也知道做錯事了，講話才會那麼小聲，根本就是心虛……」女孩惡狠狠的說著。

「同學安靜！你們兩個為什麼在這裡？」老師要大家冷靜下來。

「我們是一班的，老師叫我們來體育館搬球，我們只是問他知不知道球在哪裡？他就叫我們不要跟他講話，然後問他怎麼會一個人在這裡？他就突然跳了起來，還把我們推倒！」

權杰用力握住拳頭說：「才不是那樣！我才沒有那樣！」就在那個時候，女孩突然哭了起來。

「雙方都先向對方道歉，不管如何，現在還是上課時間，發出聲音影響到別人就是不對。」

「明明就是因為他先推人，我們為什麼要道歉？」

男孩氣憤的說道，女孩哭得更大聲了。

老師皺著眉頭看向我們詢問：「剛剛有人看到發生什麼事嗎？有誰聽到他們三個剛剛在說什麼嗎？」

但是，完全沒有人看到他們三個人發生了什麼事，大家只是彼此對看、搖搖頭。老師看起來也拿不定主意，看了看哭泣的女生，說道：「權杰！推人本來就不對，你先道歉。」

聽到老師這樣說，我的心情瞬間掉到谷底。

「我才不要。」

「我沒有推人，我只是在保護自己，我不要道歉。」權杰搖搖頭說。老師露出沉重的表情說：「你們兩個先回去班上！我等等會去跟你們的導師討論這件事情。權杰，你今天不用練習兩人三腳，先跟老師談一談。」

午餐的鐘聲響起，男孩和女孩回頭望了權杰一眼，權杰低著頭，跟在老師後面。

回教室的路上，大家竊竊私語討論著剛剛發生的事情，對於這件事情，大家眾說紛紜。

「你們覺得權杰是會做那種事的人嗎？剛剛根本沒什麼事，他就動手推人了不是嗎？」智安說。

「也不是不相信權杰，其實到剛剛為止，我都不覺得他是那樣的人。但是，也無法保證他以後不會那樣做。況且，我們相信一個人，也不能拍胸脯保證他不會做出什麼事……」

旻載心情低落的回應，詩浩也在一旁點頭。

「對，因為沒有證據，只能看現場判斷，加上剛剛的情況看起來，真的像他們兩個被推倒的樣子。」

「但是老師不分青紅皂白的就要權杰道歉，我也真的搞不懂！沒有人覺得自己做錯事情，當然不會有人想要道歉啊！明明沒有做錯事還要道歉，這不是說謊嗎？按照別人說的去做，而不是出於自己的意思，這不就是在迎合別人嗎？」

說出這些話的人是允娜。

露美聳聳肩，提出自己的疑問：「妳這麼說也有道理。但是，允娜妳也是表演者，不是也會遇到那種明明不想道歉，卻需要道歉的狀況嗎？」

聽露美這樣說，允娜無奈的嘆了一口氣。

「其實不管發生什麼事情，現在只有兩件事情很確定！第一個就是『有人在說謊』。」我說。

「那第二個是什麼？」露美驚訝的問。

我接著說：「權杰沒有練習到兩人三腳。剛剛體育課的時間裡，他一次也沒有練習。」

大家一片靜默。

雖然我們都沒有說話，但是大家對剛剛發生的事都心知肚明。在這樣的情況下，要是有人看到當時的狀況，該有多好啊！這時，不知道從哪裡冒出一個小小的聲音。

「我有看到。」

大家往後看向知浩。

「那兩個人先走向權杰，對他挑釁，他們問權杰是不是大家都討厭他，才會每天都是一個人行動，權杰要他們不要再講了，結果他們還是說個不停。」

「你確定嗎？」回應詩浩的提問，知浩點了點頭。

「嗯，但是……」知浩停頓了一下，接著說：「在那一瞬間，權杰的身邊出現了一個黑色影子……然後他們兩個就倒下去了。」

「什麼？」

「你在說什麼呀？有可能嗎？」

其他人紛紛問著，允娜甚至還說：「你是不是該配一副新眼鏡了？」

聽到允娜的話，知浩像洩了氣的皮球，不好意思的推了推眼鏡。

「那為什麼你剛剛在老師面前都不說啊？」我鬱悶的問著。

「我剛剛急著去廁所啦！本來想等回來再跟老師說，結果上完廁所回來已經下課了。」知浩搔了搔頭回答。

結果，我們什麼結論都沒有，就已經走回教室了，後來的幾堂課裡，我一直想著權杰。

我平常要是也這麼關心他就好了……不對，應該直接朝著他走去，拍拍他的肩膀才對吧？說不定對權杰來說，現在他最需要的是一句「沒關係」。

放學回家的路上我還是想著這件事。突然，我看到了權杰的背影。

這真是個好機會！我跟在他的身後，準備叫住他，然後權杰的面前

出現了人影，又是那兩個人！

「你在老師面前還真能說呀！」那男孩諷刺的說。

「就是啊！但是好像沒有人站在你這邊！」女孩附和著。

這兩個人真的很愛欺負權杰，我再也看不下去了！

「你們兩個夠了吧！」就在我這麼想的時候，已經出聲了。

「妳又是誰啊？」他們轉頭看向我。

「我才想問你們是誰？為什麼一直陰魂不散，出現在權杰身邊，一直欺負他啊？」我低聲的咆哮著，那男孩看著我，輕蔑的笑了。

「妳要不要先去旁邊啊？」

他那傲慢的眼神還真不是普通的討厭，這一次，我再也不會袖手旁觀了！我的身體裡……好像有什麼感覺湧上來，背部也熱熱癢癢的，就像熱水已經沸騰，熱度卻還持續上升，就在那個瞬間，我還來不及反應過來的時候……

咻！紫色尾巴出現了！

「什、什麼啊？」

「啊……她好像是怪物！」

那兩個人一邊尖叫一邊後退。

我整個人像是凍住了！十分慌張，平常我回家走這條路的時候，路上並沒有什麼人，但還是發生了讓我意想不到的事！

我急忙抓住紫色尾巴，那兩個人指著我放聲大叫！我雖然迅速的用外套蓋住，但還是摸到了毛茸茸的尾巴。

突然間，黃智安出現在我後面。

「孫丹美，妳怎麼會在這邊公開妳的萬聖節服裝啊？妳不是說那是祕密嗎？」智安睡眼惺忪的問道。

運社
紙
Japang

「啊？嗯……那套衣服還沒做好啦……」我神色慌張的回答，那兩個人卻不相信我的話。

「最好是這樣！我可是看得一清二楚！」

「對啊，她的背後有尾巴……」

智安假裝什麼都不懂，打了個哈欠，拍了拍臉頰。然後，以銳利的眼神說：「確定沒看錯嗎？看你們做的事，就知道你們會看錯也不是一次兩次了啊！」

被智安這樣一說，那兩個人便露出氣憤難平的樣子，又剛好有幾個路人圍了上來，那兩人便心不甘情不願的離開了。

回頭一看，權杰也不見了！外套裡那條蠢蠢欲動的尾巴，似乎也咻的躲回去了。

「智安，謝謝你……」我有氣無力的說。

「謝什麼？」智安反問我，就像什麼事情都沒發生。

「啊？喔，就……」

我支支吾吾的回答，但智安就跟平常一樣，神氣的說：「啊……妳對我充滿感謝啊？也是，這種話我常常聽到別人對我說啦！」

原本還對他充滿感謝的，這時候，只覺得相當無言。

這時，智安像是喃喃自語，語氣緩慢的說：「如果對妳來說，這是祕密的話，那就算了。只是……妳萬聖節到底會扮成什麼呢？」

「我還不知道。」

我還在思考要怎麼回覆，但是智安已經頭也不回的邁開步伐，揮著手離開了。

我站在原地，覺得一片混亂。如果這個時候，我有勇氣能幫助其他人的話，該有多好！想到權杰什麼話也沒說就消失，我不只什麼忙都沒幫上，反而讓他更加驚慌失措了。

如果像這樣突然出現，就叫「勇氣」的話，我還寧願沒有呢！

紫髮女孩說的真是對極了！躲在我心裡的勇氣，在我需要它的瞬間可能會躲起來，但在不該出面的時候，卻可能會讓事情變得更難處理。

我很想跟紫色尾巴談一談，但是，勇氣的尾巴才沒有那麼容易被召喚出來。剛剛的突然出現，似乎也讓她感到後悔，現在我只感覺她好像在我背裡轉圈圈。

就在我意識到什麼答案都一無所得時，萬聖節之夜已經悄悄到來。

第6章 萬聖節之夜

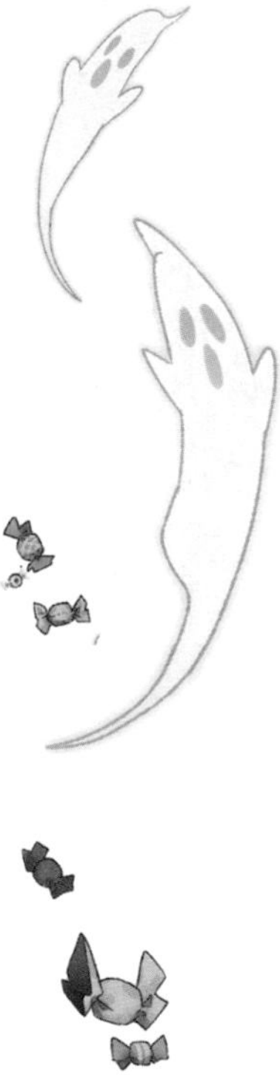

日落時分，我懷著緊張又期待的心情走向森林公園。路上滿是落葉，還有一個個被點亮放在路邊的南瓜燈，看起來十分溫暖。還有裝扮成魔女、鬼怪、動漫人物的同學們，我的心臟不禁撲通撲通的跳了起來。

參加活動的同學們，手上紛紛提著糖果籃和南瓜燈籠，果然像媽媽說的，就算用誇張的裝扮出現，也完全不會令人感到奇怪。

「丹美！」

我向後看，原來是裝扮成籃球的露美，她的雙手向兩邊伸出，球的中間有一個洞，可以把臉露出來。

「怎麼樣啊？我很好笑吧？」

「很可愛！跟我超搭的啦！」

聽我這樣說，露美像是安心的笑了出來。她看著我說：「丹美，妳打扮成什麼啊？妳身上穿的韓服又是什麼？臉上還黏著鬍子，包包裡還有尾巴？」露美看著我接連問道。

這是我和媽媽一起做的韓服洋裝，包包裡放的是假尾巴，總共有六條。我計畫等一下萬聖節遊行時，要把它們掛到背上。然後……我還想把我的三條尾巴都召喚出來！

「喔，我、我是……九……九……」我的嘴巴像被黏住，說不出完整的句子。這時，突然聽到巨大的一聲「吼」！

我嚇了一大跳，轉過頭竟然看到詩浩，她裝扮成可愛的老虎站在我後面。

「嚇我一跳！我還以為是真的老虎來了！」

聽到我這樣驚呼，詩浩放聲大笑：「抱歉、抱歉！那個音效是我自己組裝上去的，我在衣服裡面裝了機關，當我抖動雙手時，聲音就會出現……」詩浩說完，再次張開雙手，然後又發出雷聲般的吼叫，經過的同學都被嚇到了。

詩浩趕緊關上開關，說道：「但是聲音好像太大聲了，我還不太會控制音量，現在已經把它關起來，不會再嚇到你們了。」

「這個又是什麼啊？」

看著詩浩身邊的知浩，他的手上提著籃子，露美好奇詢問。

知浩打扮成一隻可愛的熊，他的籃子裡放的不是糖果，也不是巧克力，而是「艾草糕」和「大蒜麵包」。這次的活動有一個重頭戲，那就是小孩可以從大人那裡得到糖果。而這次是我們自己準備東西來分享，不過……知浩竟然準備了艾草糕跟大蒜麵包？那明明不是萬聖節會出現的食物啊！

「艾草和蒜頭是熊在神話裡吃的食物，這些是用新鮮蒜頭和自己種的艾草製作，我媽媽幫了我很多忙啦！」知浩難為情的擠出笑容，把大蒜麵包分給我們。

「要吃一個看看嗎？」

「謝了！」

說出這句話，而且迅速把大蒜麵包搶走的人，正是打扮成滿臉蒼白的吸血鬼——黃智安。

「黃智安，你真的扮成德古拉伯爵呀？」

「嗯，本來覺得有點幼稚，但是想了很久，還是決定這個裝扮！如何？我看起來是不是

又神祕又帥氣啊？」黃智安一邊說，一邊愉快的吃著大蒜麵包。

「吃著大蒜麵包的吸血鬼？吸血鬼不是很害怕大蒜嗎？」我說。

此時，智安突然「啊」的一聲，倒在地上，手還抓著自己的胸口，看起來像暈倒了。很快的，他若無其事的站起來。

「拜託！現在是萬物都會變種的時代了，好嗎？」智安從知浩的籃子裡又拿了一塊大蒜麵包，一邊咀嚼一邊說著。

「大家好！」

聽到熟悉的聲音，我們轉頭一看，原來是扮成渡渡鳥的旻載。他奮力的站著，向我們揮揮手。旻載的四周滿是糖果和巧克力，還有一根根正在掉下來的渡渡鳥羽毛，他的另一隻手則提著空了一半的籃子。

「那個，旻載……你是故意讓東西掉到地上的嗎？」我不解的問。

「嗯？什麼意思？」旻載看向地板，他的籃子已經歪斜，剩下的糖果也接二連三的掉到地上了。

「哈哈，雖然已經變了裝，但高旻載畢竟還是高旻載啊！」智安一邊撿起糖果一邊說。大家看著正在搔頭的旻載，視線也望向了我。

「大家都裝扮成不同的模樣，好有趣！可是丹美，妳……」

剛剛我還說不出的答案，現在可是自然而然說了出來：

「我是九尾狐！」

「九尾狐？九尾狐的尾巴應該要有九條吧！但是……妳的身上一條也沒有啊？」

「嗯，等一下要遊行的時候就會出現了，敬、請、期、待！」

「九尾狐很帥！妳跟我很速配喔！」旻載眼睛一亮的說。

聽到這句話，我突然緊張起來，而且胸口也覺得熱呼呼的……我想到旻載曾經說過「他想要跟九尾狐當朋友」那件事。

「我也覺得很適合妳，孫丹美！」一邊說著這句話，一邊出場的是允娜。允娜把頭髮往上綁得很高，讓人想到宇宙戰士裡面的人物，而且她還穿著舞臺服。

「不知道為什麼，剛剛一看到妳，彷彿就像真的看到九尾狐一樣。」允娜又補充了一句。

我微笑回答：「妳也是！妳也很適合這個裝扮呢！」

「謝謝。」允娜嘻嘻的笑了。

大家到了新的地方，以新的模樣出現，真的很新奇又刺激。馬路的兩邊都是為了義賣會而搭設的帳篷，好熱鬧啊！路上越來越多人，夜晚的高潮也即將來臨。

但是，不想看到的人總是會在最重要的時刻出現……這個定律真的不管在哪裡都是一樣的。

「是上次在體育館遇到的那些人，全部聚在一起真的很好笑！」

某人正在用尖銳的聲音說話，裝扮成《木偶奇遇記》裡的藍仙女，她就是上次欺負權杰的女孩。

但是我一看到她那個討人厭的表情，想到的不是藍仙女，而是《綠野仙蹤》裡面的西國魔女。

「就是說啊！」裝扮成英雄的男孩附和著。雖然他穿著英雄角色的衣服，但是那個壞心眼的模樣，卻讓人覺得他是引起世界紛爭，手段低劣的惡魔黨呢！

「你們又是德古拉、又是灰色的雞，再加上籃球？原來你們的水準就只有這樣啊？」男孩似乎覺得我們很可笑，來來回回的看著我們。我還在想要說些什麼的瞬間，他看向我們的身後，大笑了起來。

「他又是怎樣啊？」

出現在我們後面的是權杰。

跟平常一樣，完全沒有任何打扮的權杰出現在我們面前。

「來得正好！你不知道怎麼融入大家吧？只要大家做什麼，你跟著做什麼就好了，不是嗎？」

女孩說著，居然還把權杰絆倒。

「不管是誰，都可以用自己喜歡的方式參加這個活動。」旻載用堅定的口氣說。

男孩哼了一聲，不屑的回應：「灰色的雞，我可沒有在跟你講話，所以你也別出聲，知道了嗎？」

「我不是灰色的雞，我是渡渡鳥。話說回來，你們為什麼要一直處處針對權杰啊？權杰有做錯什麼嗎？」

「就是說啊，不喜歡他的話直接離開就好，不是嗎？」智安接著說。

但是那兩個人不肯善罷甘休。

「我說，你這隻灰色的雞很愛裝善良！然後你旁邊那個幼稚的吸血鬼也只是虛有其表，我不是在跟你們說話，你們可以不要瞎攪和嗎？」

聽到男孩的話，大家都氣到不知道該說什麼。雖然我們的人數比他們多，但是他們實在太無禮了，我們一時之間都不知道該怎麼辦……

空氣中瀰漫著一股沉重的氣氛，大人們正忙著準備義賣，市集相當熱鬧；經過我們身邊的人嘻嘻哈哈的談天說笑，在美麗的落葉堆上跑來跑去。在所有人都應該開心享受萬聖節的時刻，竟然發生這樣的事情，這真是誰也沒料到的事。

就在此時，公園一角傳來廣播：

這次慶典的重頭戲，遊行將在八點開始。請所有與會的參加者先自行活動，大家八點在中央廣場集合。

距離遊行開始大約還有一個小時。如果在那之前，還一直跟他們兩個在這邊打交道，時間都浪費掉了。

這時，令人驚訝的事情發生了，竟然是權杰開口說話：「我們走吧！」權杰指著森林的另一邊說。

「那棟大樓本來是別人的店家，現在已經荒廢了。」

我們大家紛紛看向權杰指的地方，只見一片黑漆漆的大樓矗立在森林裡的一個角落，在這個地方竟然有那樣的建築物存在？

「我覺得看起來很陰森！」

「對啊……所以很適合今天這樣的日子啊！」聽到允娜說的話，權杰這麼回覆著。

但是我轉過身來，看到女孩對男孩說著：「他們也想去的話……一起去吧！」

「跟他們一起？」男孩說。

接著，權杰喃喃自語的說：「說不定……會發生什麼有趣的事，跟萬聖節有關的……」

「跟你在一起，會有什麼有趣的事情發生啊？」女孩雖然嘲諷的說著，但是權杰的口氣卻跟平常不同，冷漠又充滿自信。

「如果……我是說如果，如果在那裡面我能讓你們感到恐懼，並覺得害怕的話，你們以後就不要出現在我的面前。」

那兩個人先是愣了一下，接著抱著肚子哈哈大笑起來。

「你說你要嚇我們？」

「這真的是我今天聽到最好笑的事情了。」

接著，男孩轉向權杰說：「我想……我還真的有點期待你能讓我們害怕，畢竟，你這個人真是乏味到不知道該怎麼形容啊！」

「對啊，我也很好奇，真的很想見識見識呢！該覺悟的可能不會是我們，而是你呢！」女孩說完，便往前走了一步。

權杰問大家：「你們呢？」

誰也沒有說話，大家都不知道該說什麼才好。權杰的眼神看起來很……奇特，只見他點點頭，然後轉過身去，走向那棟建築物。

我們站在原地。

「怎麼辦？我們也要去嗎？」旻載說。

允娜不情願的說：「這個主意……不太好吧？我有種不祥的預感！」

「對啊！連那棟大樓是什麼都不知道呢！」

智安也跟允娜一樣猶豫著。

我開口說：「我要去！如果只有權杰跟他們單獨在一起，一定很危險，有人要跟我去嗎？」

大家聽我這樣一說，不禁猶豫起來。最先回答的是允娜：「好吧！丹美說的有道理。畢竟權杰都說了。如果他真的嚇到他們，那他們以後就不能再出現了。但是……感覺那兩個人不會遵守約定。」

「對啊，我們一起去看看吧！」

「我們好像是要去當證人。」

聽了旻載和智安的話，露美馬上邁開步伐說：「對啊！能發生什麼事？先走再說吧！」

就這樣，我們一行人朝著建築物走過去。

那棟老舊的大樓散發出異常詭異的氛圍，有種要把我們全部吸進去的感覺。一打開嘎嘎作響的門，一個想法跑了出來……我會不會後悔？

要是真的發生什麼事情，該怎麼辦？

我還來不及釐清自己的思緒，就已經跟著大家走進大樓裡面了。

第7章 輪到誰當鬼？

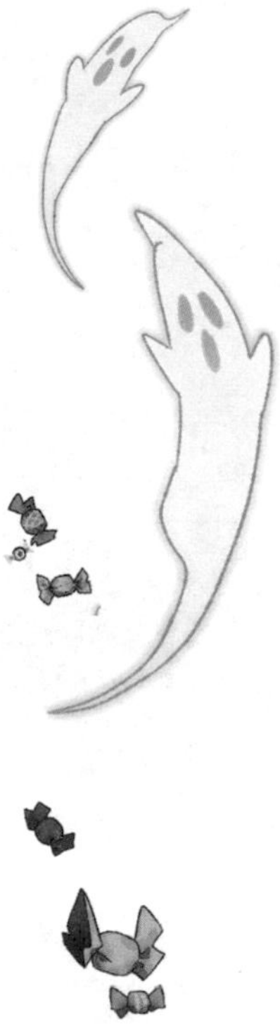

大樓裡面感覺陰森森的，可能因為這裡之前是一間咖啡廳，可以看到幾張桌子、椅子，還有一架老舊鋼琴、老爺鐘和空箱子，角落擺放著裝飾用的螺旋形階梯，真的很像電影場景。

這棟大樓跟森林公園相距不遠，它位於大家常常經過的地方。從窗戶看出去，可以看到行人來來往往，但他們對這裡似乎毫不關心，熙熙攘攘的經過，沒有人注意到這棟大樓。換句話說，這棟房子就像一個孤苦伶仃的人。

「我們出去吧！」

直到剛才都還很勇敢的露美，開始打起哆嗦，旻載也縮著肩膀。

「如果現在說服權杰，再一起出去也不遲……。」

但那兩人像開玩笑似的，不停打開牆上的電源開關，一下開一下關，嘻鬧著說：「哇！這完全符合萬聖節的氣氛啊！」男孩用討厭的聲音大聲說著。

女孩噗哧一笑說：「是你邀我們來的！現在要做什麼啊？」

權杰望向他們，緩緩的說：「來玩躲貓貓好了……暗黑躲貓貓。」

「暗黑躲貓貓？」

權杰點點頭回應：「很簡單，就是在黑暗的地方玩躲貓貓。關燈的時候，當鬼的那個人數到十，其他人要躲起來。等到大家都躲好以後，鬼再去把人一個一個找出來。鬼在找人的時候，每個人都不能換位置，也不能動。」

「一定很刺激！光用聽的就覺得很好玩了！」

「好啊！誰會先出去，誰又會躲到最後，真令人緊張！」

露美似乎已經不再害怕，智安也附和露美。

權杰接著說：「但是，有一個要注意的地方，就是除了鬼之外，沒有人可以開燈。而且只有被鬼找到的那個人可以離開這裡，意思是……沒有被鬼找到的人，只能一直待在裡面，絕對不能自己走到外面。」

「那就來試試看！誰怕誰啊？」男孩大聲說著，似乎想證明自己不會被嚇到。

「真的不會有危險嗎？我不想在這種地方當鬼啦！」

允娜感覺有點不安。

「妳只要負責躲起來就好了，因為我會負責當鬼。」權杰似乎正在等著說這句話。

「都這樣說了，那就玩恐怖一點的！如果這個遊戲很無聊，我絕對不會放過你的，知道嗎？」男孩說。

「等等……你會後悔說過這些話。我再說一次，你好好聽清楚……從黑暗裡出來的人，就回到原本的地方過日子。但是，出不來的人呢……就會永遠被關在這裡，關在這片黑暗裡。因為今天……是我當鬼。」權杰說完話的同時，整棟大樓的燈都關起來了。

「數到十之後，我就會開始找了，一、二……」

在黑暗的空間裡，大家紛紛尋找自己要躲的地方。

昏暗的房子裡，除了從窗戶照進來的月光之外，只剩一片漆黑，我緊緊握住露美的手。

但是，我的腦袋還是無法忘掉一件事……剛剛燈關掉的瞬間，真的是權杰把燈關掉的嗎？感覺像是把整棟大樓裡所有的燈都關起來的樣子，因為，其他人手上的南瓜燈籠也同時熄滅了……在我思索這些事情的同時，權杰繼續數數。

「三、四、五……」權杰的聲音越來越低沉，大家苦笑的聲音聽起來好像在發抖一樣。

「我要躲在那裡。」露美說完，便放開了我的手。

「露美，一起躲啦！」

聽我這麼說，露美一副不解的回答：「這樣哪有什麼趣味啊？一起躲的話，被找到的機會更大，分開躲比較好！」

她連給我回答的時間都沒有，就直接放開我的手，躲到窗戶旁邊的椅子底下了。

「六、七……」

我為了找尋藏身之處，東看西看，但是合適的地方早已被其他人占據，找到最後，我可以躲的地方只有樓梯上面了。

「八、九……」

我趕緊登上樓梯，在我剛好踏上最後一格階梯，身體縮在一起的時候，權杰數到最後一個數字……

「十！」權杰的聲音停了下來。

我躲在樓梯上面，可以看到整個一樓的空間，在我的雙眼逐漸適應黑暗以後，誰躲在哪裡可以看得一清二楚。

靠在牆邊的權杰緩緩的轉過身來，就在那時候，不知道從哪裡出現了一個很大的黑影，就像海浪一波波沖上岸，瞬間蓋住了整棟大樓。

我連呼吸都忘了，只是一直盯著那個影子，它往站在門前的權杰一撲而上！從權杰的腳尖開始，黑影就像在紙張蔓延開來的墨水，逐漸填滿了全部的牆面和所有地板……

但是沒有人發現這件事，似乎只有我發現……

更令人驚訝的事情發生了！權杰的腳尖處，在影子裡面……好像有什麼東西開始蠢蠢欲動？比影子還要黑，而且更黏稠，有如液體般的東西慢慢的湧出……然後變成一攤軟軟爛爛的東西。

竟然會有比黑暗還要更黑暗的東西！

這時候，權杰說的話，迅速閃過我的腦海：「黑影，那是黑影！」

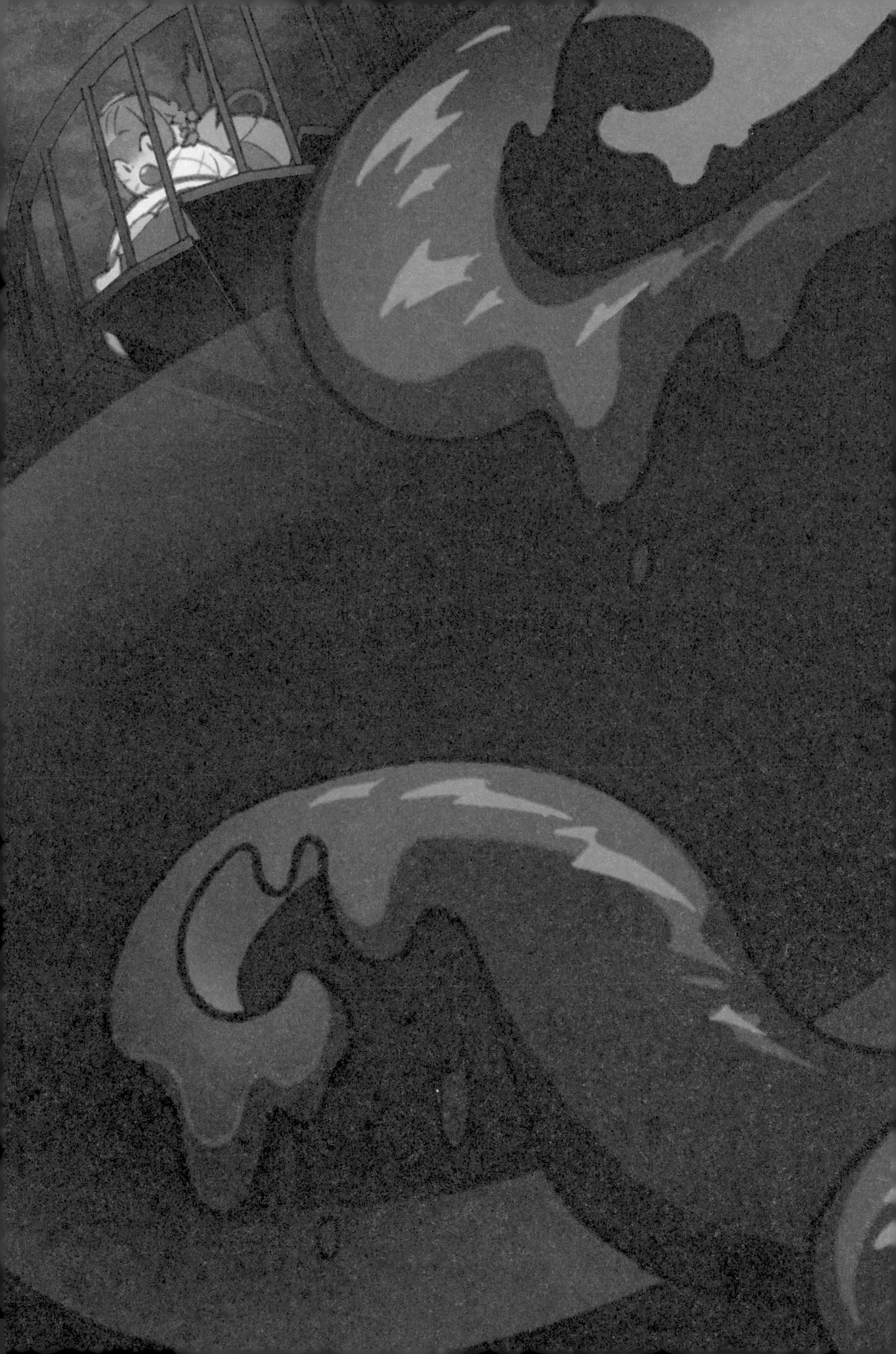

「你們都躲在哪裡呢？我會一個一個把你們找出來……」

權杰用低沉的聲音喃喃自語，他每走一步，影子裡的黑影也跟著移動一步。

黑影比權杰的身體還要長，他東張西望，好像也在尋找著什麼。他走了幾步……結果第一個被找到的是躲在掛鐘後的允娜。

「找到了！」權杰大聲說著。

嚇一跳的允娜抬頭看著權杰，他身後那個巨大的黑影變得更長、更大了。

「啊，嚇我一跳！一點聲音也沒有，你是什麼時候出現的啊？」

允娜用平常講話的語調說道。

「要放妳走嗎，白允娜？」

權杰自言自語的說：「好！妳雖然推開了我的手，但總有一天，妳還是會抓住我的手，從這裡出去吧！」

權杰身後的黑影變小了一點，也變淡了一點，黑影的身長變小後，覆蓋在允娜身上的影子也漸漸變淡了。

「我是第一名！如果在裡面待太久，可能會很不舒服，太好了，那我就先出去，你們大家也快點出來吧！」什麼都沒有發現的允娜，用響亮的聲音說著，然後蹦蹦跳跳的跑到外面。

大家都在黑暗裡嘻笑著，權杰聽到笑聲後，往鋼琴的方向走去，他彎下身子，看見鋼琴旁邊露出一角吸血鬼的披風。

「找到了，黃智安！」權杰一邊說著話，黑影也跟著升高，把智安團團圍住。

「要放你走嗎？」

「你應該晚一點再找到我的！我還想再多玩一下躲貓貓呢……」智安失望的說。

「你是個像光一樣的朋友，所以快點出去吧！」

黑影的身長變短，蓋在智安身上的影子也變淡了。

「這麼快就被發現，真的好可惜。」

智安慢慢站起後，也往大樓外面移動了，這個非比尋常的狀況，竟然只有我看得見？真令人難以置信！我的手心開始冒汗。

這時候，權杰找到躲在窗戶旁的露美，我聽到他像是自言自語，說出奇怪的話：「斗露美！妳是個勇敢的人，當然可以快點出去！」

這次，蓋著露美的黑影也往下短了一截。

「嘻嘻，這真是令人害怕呢……那我就先出去了！」

就這樣，露美也走到外面了。

允娜、智安和露美都已經離開了，感覺裡面又更冷了一些，冰冷的感受讓我起了一身的雞皮疙瘩，我的腳很麻，好像快抽筋似的。我想把腳伸直換個坐姿，但是完全動彈不得。無論怎麼出力，我的身體一動也不能動！

我突然想起權杰在玩躲貓貓前說的話：

只有被鬼找到的那個人可以離開這裡。
沒有被鬼找到的人，只能一直待在裡面，
絕對不能自己走到外面。

我雖然用盡所有的力氣掙扎，想擺脫這一切，但是情況完全沒有好轉。這時，我突然發現一件奇怪的事情，外面的月光，映照在我的手心上，我試著彎曲手指，竟然可以活動？

這是怎麼一回事？光照不到的地方，也就是被黑暗籠罩的身體，不管再怎麼努力，就是無法動彈。

在那段時間裡，權杰背後的黑影比剛剛看到的還要大，黑影似乎正一點一滴的吸收大樓裡的黑暗，再把那些黑暗轉換到自己身上。權杰被那團黑影黑化了！

他走向躲在箱子旁邊的旻載，接著說：「原來是你啊，旻載！你是個善良又正直的人，你跟這個地方一點也不適合。」

旻載上面原本猖狂不已的黑影，逐漸的壓低自己。接著他拍拍身體，然後站起來動了動肩膀。

「好奇怪，剛剛身體明明都不能動，只有被月光照到的腳可以活動，難道是我弄錯了嗎？」

一聽到旻載的話，我才確定，被籠罩在黑暗裡的部分，全都被黑影控制著，我們無法按照自己的意志做任何動作。

為了要活動身體，我們需要「光」。但是……在這大樓裡，哪有什麼光啊？原本映照在我手上的月光，現在也被雲遮住了。我現在整個人都被困在黑暗裡了，本來想要出聲叫住旻載，但是他已經走出門口。

這麼說來，屋子裡只剩下那個女孩、男孩、權杰和我了。

「現在總算可以玩一場真正的躲貓貓了！」權杰用低沉嘶啞的聲音說著。

不對，那根本不是權杰的聲音。

那是——黑影的聲音！

從那個時候開始，像噩夢般的事件正緩緩拉開序幕。

第8章 暗黑躲貓貓

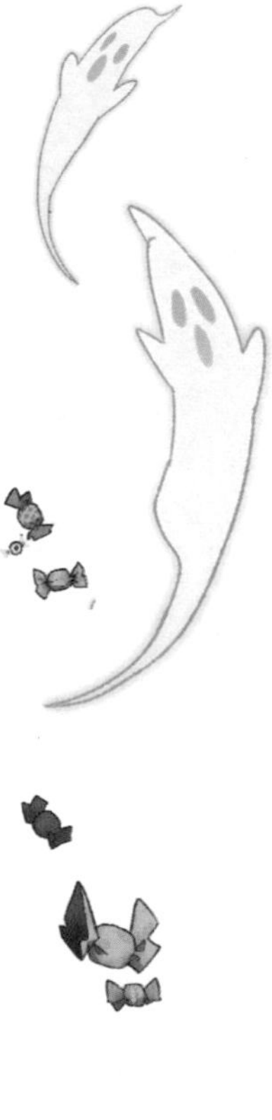

隔著玻璃窗，我可以隱約聽到行人經過的笑聲。相形之下，這棟大樓更加寂靜與黑暗。我的心臟撲通撲通的用力跳動，感覺隨時會有可怕的事情發生……

我從掛在牆上的鏡子裡看到權杰，他的雙眼又黑又深邃，瞳孔就像有火焰在燃燒……那根本不是我認識的權杰，他現在正被自己內心的黑影控制著。

黑影漸漸變大，它發出了「轟隆轟隆」的巨大聲響，我想在事情變嚴重之前離開這裡，但是我的身體彷彿被繩子綁住，一動也不能動──在黑暗裡，如果沒有經過黑影的允許，誰都動不了。

現在只有一個方法了，那就是得到「光」的幫助，但是原本應該從窗外映照進來的月光，現在卻完全照不進來。

「請幫幫我！我無法靠自己的力量移動……」

「讓我看看妳們的力量吧！」

我向身體裡的尾巴們懇切呼喊著。

但是，即使我如此誠心的召喚，背部卻完全沒有任何動靜，什麼事情也沒有發生——尾巴們也因為處在黑暗裡而失去了力量。

「繼續這樣下去的話，情況可能會越來越糟！」

我好像聽到第一條尾巴的聲音。

「現在保護朋友是當務之急，不管如何都要快點想辦法！」

第二條尾巴也支持著我。

我知道，照現在這樣看來，我最需要的就是「勇氣」，也就是——

第三條尾巴。但儘管如此，不管我的心裡再怎麼吶喊，第三條尾巴還是一點反應也沒有。

於是，我放棄了，就這樣吧……

「如果你們無法出現，至少……請把妳們的能力借給我！」

接著，我的背上像是有什麼東西在跳躍，那一瞬間，突然冒出一大片煙霧，眼前的景象看起來都不一樣了！即使身處黑暗，我的眼睛卻變得更明亮，還能聽到原本聽不見的聲音，甚至還能聞到平常聞不到的氣味——尾巴們把九尾狐的能力借給我了！

首先，我從女孩跟男孩開始找起，我豎起耳朵聽到從角落的矮櫃傳來「嘎嘎」的聲音，原來是女孩躲在裡面。

接著我動了動鼻子，跟著男孩散發出來的味道尋去，發現他躲在桌子下面。但是，這兩個人根本搞不清楚狀況，還在噗哧笑著，他們的笑聲在黑暗裡傳到我的耳朵。

窸窸窣窣的腳步聲傳遍整棟大樓，權杰的臉配上黑影的聲音，他甚至還說出一些莫名其妙的話：「黑……黑……黑影，我動彈不得，黑……黑……黑影，黑暗是我的天下……」權杰站在矮櫃前，發出了令人寒毛直豎的聲音，接著打開櫃子。

「什麼啊！那個口氣也太嚇人了吧！」女孩說著，但是她的聲音在顫抖。

黑影生氣的說：「我太嚇人？不是妳才令人感到可怕嗎？」

「我？我哪有……」女孩不服氣的回嘴。

「原來妳是個膽小鬼啊！明明覺得害怕，還不敢承認自己的恐懼，真是膽小鬼中的膽小鬼……」黑影晃動著肩膀並嘲笑她。

「你、你在說什麼啊……反正我已經被找到了，現在可以出去了吧？」女孩說著。

「哈哈哈……妳出得去的話，就出去吧！我還想多玩一下躲貓貓呢……」黑影發出令人毛骨悚然的笑聲。

「身體怎麼不能動？這到底是怎麼回事啊？」

「除非是鬼想要結束，否則遊戲是不會結束的！黑……黑……黑影，今天的鬼是黑影……」

權杰說這些話的時候，黑影已經站到男孩躲藏的桌子前面，因為目睹剛剛發生的一切，男孩嚇得全身發抖。

「住……住手！」男孩說。

「住……住手！」黑影用尖酸的聲音學男孩講話。

然後再次用可怕的聲音吼叫：「應該要住手卻不停止的人是誰啊？」

「放過我吧！拜託……」男孩苦苦哀求。

「不想再繼續的話，就逃跑吧！如果跑得了的話，就跑啊！」

黑影大笑著，然後發出像打雷般的吼叫聲。

「如果跑得了的話，就跑吧！你跑跑看啊！」在他說這句話的同時，大樓裡的燈全部被打開了！

身體獲得移動的男孩和女孩慘叫著，他們開始奔跑！女孩跑出矮櫃的門，男孩從桌子下爬出來，開始跑了起來。

那一瞬間，燈又關上了。

然後兩人就像被冰凍一樣，留在原地，他們雖然痛苦的掙扎著，但是身體卻像被詛咒般，一動也不動。

燈又亮了。

他們用盡全身的力氣跑到門前。

燈又被關上了。

他們兩個又瞬間石化了。

眼前忽明忽暗的場景，就像一場利用燈和黑暗進行的「一二三木頭人」，又一次，也是最後一次，燈打開了。

他們兩個人把手伸向門把。

但是在他們的手摸到門把前，可怕的事情發生了！黑影就像巨浪般吞噬了他們，接著把他們扔到地上。最後，那兩個人被拋到屋子最裡面的角落。

「你們沒有機會逃跑了，現在……只能跟我在一起，因為……今天的鬼就是我啊！」黑影凶暴的咆哮著。

「不要啊！住手啊！」女孩和男孩哀求著。他們兩人的臉頰上，流下了一滴滴的眼淚。

「我不是也這麼說過嗎？住手……快住手啊！但是，不論現在你們怎麼喊叫，我都不會放過你們的……這次，輪到我了！」

黑影的聲音真的好可怕，他們因為害怕而大聲尖叫。但是聲音好像被遙控器操控一樣，漸漸的變小、漸漸的變小，到最後，即使張開嘴巴，

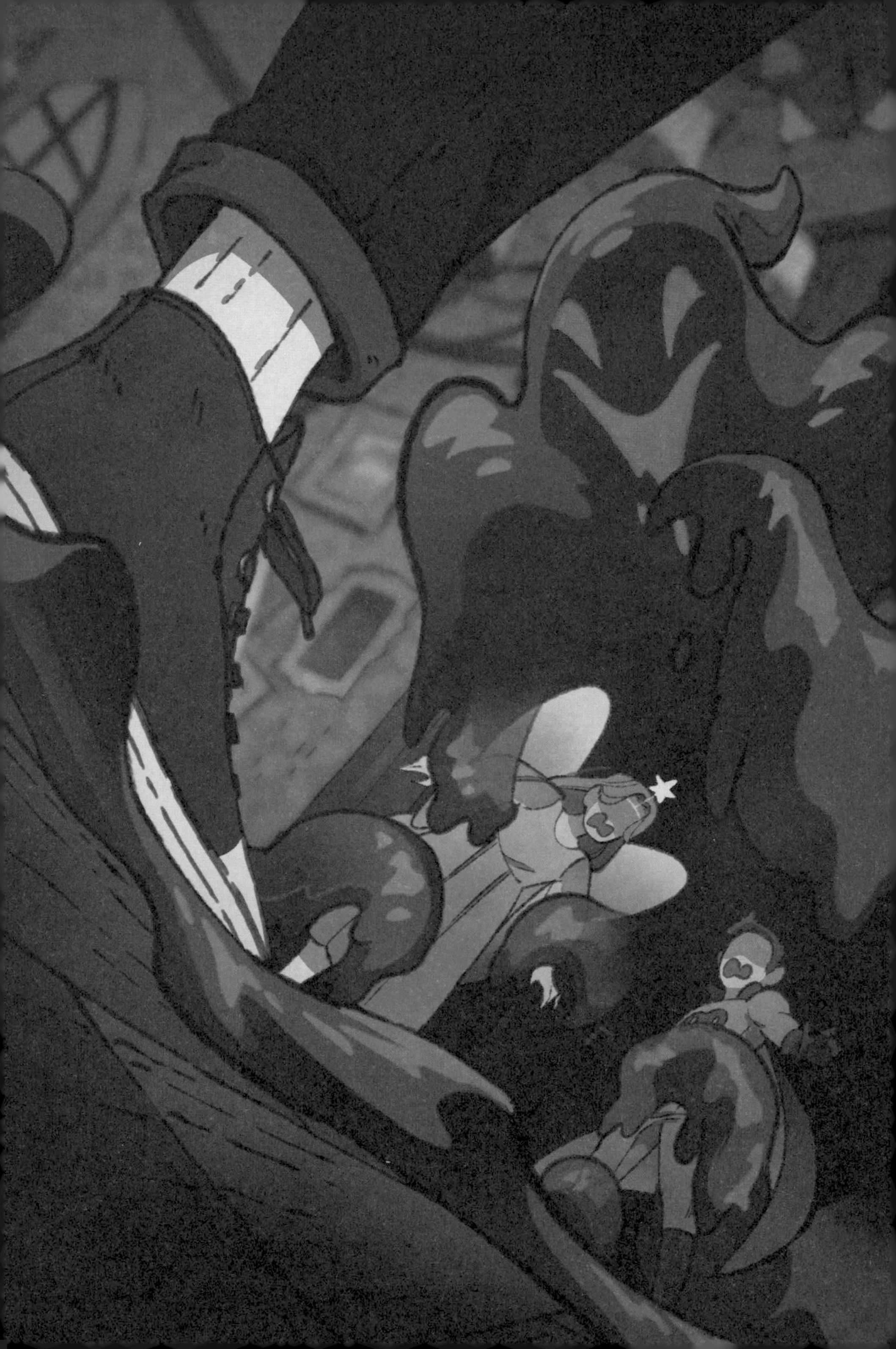

卻發不出一點聲音。

「怎麼樣？就算大聲吼叫，也沒有人聽你們講話……是什麼樣的感覺呢？」黑影咬牙切齒的說著。

那是「暗黑的權杰」。在憤怒之中，他的雙眼彷彿有烈火在燃燒，

繼續下去的話，可能會很危險。不管如何，都應該要阻止他！但是我的身體動不了，躲在我裡面的勇氣尾巴也是如此。

「我也被困住了……我需要光才能出去！」紫髮女孩好像在對我小聲的說著。

外面的朋友們手上都拿著南瓜燈籠，但是，就算有光，卻是晃來晃

去，只能隱隱約約透射進來。

要是有一點點光的話……我做夢般的想著，只要有光，只要有一點點光能夠照在我的背上……但是光無法投射進來，而我，則是被黑影困住，宛如在地獄當中。

第9章
友情的燈籠

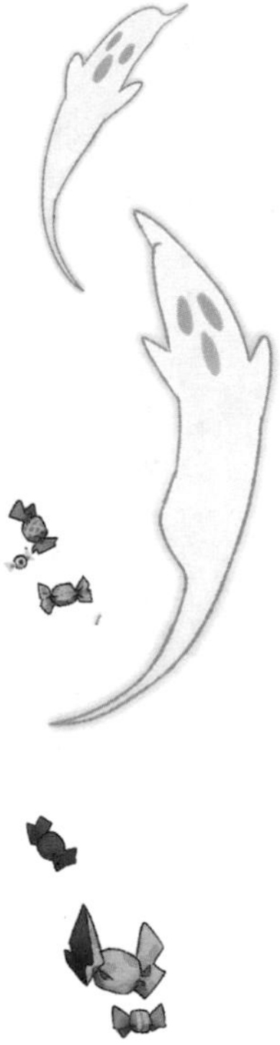

就在這時候——從窗外透進一絲微弱的光線！拿著燈籠的人是允娜。允娜把南瓜燈籠對著屋子裡面照，但是，因為從外面根本看不出來發生什麼事，所以她的臉上充滿疑惑。

「這裡……這裡啊！允娜，拜託妳！」我在心裡祈求著。

但是允娜卻往另外一扇窗移動，再次拿著燈籠照著，那道光碰到身體的瞬間，我使勁將身體朝旁邊轉過去。

「再一次！」

他們似乎在回應我的吶喊，這次露美也加入了，她提著燈籠順著窗戶照向我，我再次使力轉身。

如果能再移動一點點的話，光就能照到背上了，黑影好像還沒察覺到我的存在，所以……再一次就好，讓光可以把尾巴召喚出來！

就在那時，旻載把燈籠向上移動，它的燈光正好朝著我的方向……

我把握了機會！咻的一聲轉過身去。

那一瞬間，從燈籠投射出來的光線照在我整個背部。於是，我像是靠近火爐般，一股熱騰騰的暖流湧入我的身體，背部也開始聚集熱氣，漸漸增強的力氣快速往上急衝，接著，第三條尾巴出現了！

出現在我眼前的，正是我期盼許久的紫髮女孩，她的頭髮飄呀飄的遮蓋住她的半邊臉龐。

「為什麼現在才出來啊？我呼喚妳好久喔！」我大聲說著。

「我也需要光才能出現啊！告訴妳一件事，我被困在黑暗的時候，名字叫做——『恐懼』。但是，只要我一出現，不管是什麼東西都攔不住我。」

紫髮女孩像是為了展現本領，化身為一隻華麗的紫色狐狸，在黑暗之中，身上的毛髮散發著絢麗的淡紫色光芒。

狐狸以火球般的速度朝黑影奔去，黑影察覺到狐狸的出現，也往狐狸的方向飛去！狐狸奮力撲向黑影的邊緣，接著用嘴巴和腳尖捲起了黑影。但是牠的力氣和速度跟黑影比起來，還是稍嫌不足。

黑影似乎非常生氣，發出了雷鳴般的吼叫聲！它像是要把狐狸吃掉一樣，想辦法使自己變得越來越大、越來越大……

狐狸改變方向，牠雖然躲開了攻擊，但是黑影卻依然不停變大，牠也束手無策。沒多久，紫色狐狸已經被逼到角落，牠雖然露出張牙舞爪的樣子，卻還是被黑影吞噬……

紫色狐狸的四周都被黑影包圍，已經沒有任何藏身之處，雖然牠用眼神對我發出求救的信號，但是我被困在黑暗裡無法動彈，根本動也動不了。任何事情都做不了的我，心情感到十分焦急。

這個時候，我想起過去好幾個我無法鼓起勇氣的瞬間，不論是因為慌張、害羞或者害怕，我的勇氣好像一直被壓抑著，無論如何，現在……

是我該真正鼓起勇氣的時候了。

我抹去腦海中不停湧現的雜念，為了把內心的力量傳達給狐狸，我集中精神，感受到內心有什麼東西變得越來越強大，並且越來越堅固，心跳的聲音就像鼓聲，咚咚咚咚……原本小小聲的，接著越來越大聲，不過這個心跳的聲音，大概只會在我耳裡繚繞吧？

但是，我好像把那個聲音傳達給紫色狐狸了！

狐狸彷彿收到我傳遞的訊息跟感受，牠的尾巴變得越來越亮，從尾巴末端照出來的紫色光芒，不停延伸到黑影並與之對抗！

「哦哦哦……」紫色狐狸發出吃力的聲音，我為了將自己的力量傳達給狐狸，更加專注傾聽內心的聲音。因此，狐狸毛髮上的光芒越來越明亮。

牠身手敏捷的四處移動，躲過黑影的攻擊，而黑影為了抓住狐狸，到處噴出又黑又混濁的暗影，但是它的行動變得既遲鈍又笨拙，黑影的視線似乎變得模糊……

這時候，狐狸又再次撲向黑影，從它的邊緣開始，試圖將它捲起來。這次狐狸的動作比黑影還要迅速！轉眼間，黑影一點一點的變小了。

奇蹟般的事情發生了！從窗戶映照進來的燈光全部照在我的身上。我抬頭一看，窗外的朋友們舉起手上的燈籠，大家聚集起來的光線，就像巨大的太陽，照耀著我的全身，身體也像魔法被解除般，我終於可以活動了！

我竭盡全力跑向權杰，我要把權杰從黑影手中解救出來！

「權杰，好了！停下來！快停下來！」我抓著權杰的手臂不停的說，但是權杰把我甩開，我重重的跌到地上。

「拜託你，求求你停下來！」我雖然再次站起來，也把權杰抓住了，但是他看起來完全沒有要聽我的話，在我苦苦哀求的同時，紫色狐狸和黑影也不停打鬥著。

黑影再次反擊，它想抓住紫色狐狸並吞噬掉牠。但是，這次紫色狐狸的力氣變大，黑影開始被狐狸發出的紫色光芒影響。

「權杰，我知道你很生氣，對不起……我總是太晚發現你的存在。

加上我很猶豫該不該幫助你……說實話，我是因為不想讓自己陷入困境……」我終於把話說出口了，說完的那一刻，我終於明白，對權杰說出這些話的時候，是我最需要鼓起勇氣的時候！

「勇氣」是什麼呢？勇氣就是坦率面對自己內心的羞愧，並且把它表現出來。

「我知道，不論是妳，還是其他人都是這樣的，在體育館的時候，沒有一個人相信我。仔細回想，就會發現……一直都是這樣子，像我這樣的人，果然最適合一個人了。所以我才決定用自己的力量來解決這一切！」權杰看著我，他的眼神裡有焦慮、埋怨，還有……悲傷，他現在很像一個鬧著脾氣，不聽話的孩子。

「權杰，不是這樣的……因為我們是朋友，所以才會陪著你一起進來，所以……你別再這麼生氣，這不是報復，你現在正在做你自己討厭的事情啊！」

權杰聽到我的話之後，不禁紅了眼眶，流下一行眼淚。突然，權杰的身體像是失去了力氣，瞬間癱軟。

我好不容易扶住他，權杰就像放棄了一切，閉上雙眼。接著，從權

杰腳尖流出的影子，以驚人的速度變小了。

狐狸乘勝追擊，牠又變身為紫髮女孩，動作快如閃電，迅速的抓住黑影，把它捲起來並對半折疊。黑影發出怪異的聲音，變得像花生一樣小，接著就從權杰的腳底消失不見。

那兩個人的身體可以活動了，他們看著權杰，發出害怕的聲音後，便朝門外逃走了。

我深吸一口氣，這時候，我發現如噩夢般的暗黑躲貓貓終於結束。

有個人來到閉著雙眼的權杰身邊，原來是紫髮女孩。女孩的臉頰滿是雨滴般的汗水，頭髮也變得蓬鬆雜亂。

「謝謝妳！如果沒有妳，這一切一定無法完成。」我說。

聽了我的話，紫髮女孩搖搖頭說：「我並不會輕易出現，所以不管是召喚我，讓我伸張正義，都是因為妳。」

紫髮女孩停頓了一下，繼續說：「以後想見到我，應該也沒有那麼簡單。但是在妳需要我的時候，記得要有智慧的召喚我出來，妳一定沒問題的。」

小女孩終於笑了，雖然笑容有點冷冷的，但卻是個充滿自信的微笑，我點了點頭。

「以後也麻煩妳了，現在需要趕快關心的部分，不是我，而是妳的朋友。」女孩說了這句話後，翻了幾個筋斗，便在我背後消失了。

我讓失去意識的權杰靠牆坐好，他的臉色白到發青，接著，我突然看到權杰腳尖上的影子……看到那個影子，我也不知不覺的流下眼淚。

那只不過是個跟我一樣小，而且又平凡無奇的影子罷了。

第10章

萬聖節遊行

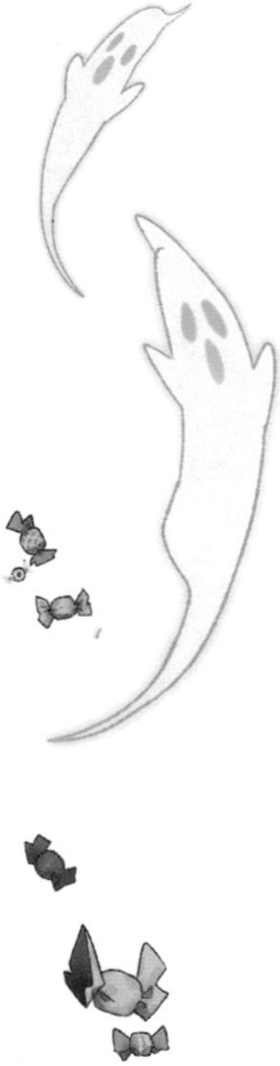

「權杰，你還好嗎？」權杰緩緩睜開了雙眼。

權杰的臉色好蒼白，他虛弱的說：「丹美……你看到了吧？我是什麼樣子的人……」

「嗯？你很了不起啊！」

聽我這麼一說，權杰淺淺的笑了，但是他的表情馬上變得陰沉。

「事情終究還是發生了，只要我想的話，在我體內……那個很深很深的存在……還是會再次出現的。」權杰喃喃自語的說道。

「不要這樣想！我眼中的你，是一個擁有強大力量的人。」

權杰靜靜的望著我。

「我從一開始就知道了，孫丹美，妳跟我真的很像！我們不一樣的地方……那就是妳是一個比我更有力量的人。」

我搖搖頭。

「你在說什麼？我超想逃走的！如果可以的話，我大概會是第一個落荒而逃的人吧？你怎麼沒有先來找我？」

「因為妳很會躲啊！我根本找不到妳。但是妳不也在關鍵的時刻，善用了自己的力量嗎？謝謝妳！」權杰說。

「那是因為你曾經對我說過一段話，忘了是什麼時候說的……你說如果心裡有想要逃避的祕密，千萬不要躲避它，而是要找出可以利用它的方法。」

聽到我這麼說，權杰的臉瞬間害羞起來，我則開玩笑的瞥了他一眼。

「但是不要再玩什麼暗黑躲貓貓了啦！真的超可怕的！」我笑著說。

權杰的臉上也綻放出淺淺的笑容。

「走吧，我們出去吧！」

我扶起權杰，權杰也對我伸出手，下一秒，他又拍掉我的手。

「怎麼了？」我說。

「我好像弄得太過火了，現在出去的話，感覺自己很厚臉皮……」

「今天是萬聖節啊！大家根本不知道我們的真實面貌……而且，你回到我們身邊就好了！所以沒關係的！」我伸出的手一直沒有放下。

聽到這裡，權杰才握住我的手。

我們打開門，走到大樓外面。義賣會到處都是滿滿的人潮，還有變裝之後，提著糖果籃走來走去的人。在黑夜裡，南瓜燈籠隱隱發出溫暖的光芒，這是個黑暗和光明共存的萬聖節夜晚。

權杰的臉和身體被光照亮著，在他的身上看不到一絲一毫的黑影。

「丹美！權杰！你們到底在做什麼啊？怎麼現在才出來？」第一個發現我的露美跑了過來。

「因為大門一直打不開！本來已經準備要打電話給我媽媽，請她來幫忙的！」

「不管我們怎麼探照屋子，就是看不到裡面發生了什麼事，我們好擔心！」智安和允娜也激動的說著。

「啊……哈哈，暗黑躲貓貓比想像中玩得還要久！跟權杰一起玩，實在是太有趣了，根本不想出來！權杰，你真的超厲害的！」我神色自若的說著。

「對啊，真的很可怕！」

「我也是！權杰找到我的時候，我還莫名的起了雞皮疙瘩，很羨慕那些比我早出來的人。」

「我們下次再來玩暗黑躲貓貓吧！但是，前提是要在比較安全的地方，下次我要當鬼！當鬼好像也很好玩！」

聽到允娜、露美和智安這樣說，權杰露出了一副無法理解的表情。那是一種不知道該怎麼回應，卻也不反對的表情。

「走吧！我們現在也去參加遊行吧！好好享受這個夜晚！」旻載高聲呼喊著。

過沒多久，我們都聽到了一陣刺耳的怪聲音，轉過頭發現在森林步道的另一側，那兩個人正在掙扎尖叫著。

「啊！住手啊！不要再講了！」女孩摀著耳朵說，男孩對著空氣不停揮拳，就像有成群的蒼蠅飛舞似的。

「走開！拜託從我眼前消失吧！」

「他怎麼了嗎？」旻載好奇的問。

允娜振振有辭的回答：「因為現在是萬聖節遊行，所以想要引人注目吧？」

但是我很清楚的知道發生什麼事情，因為我發現他們的腳底下有小小的黑影，在影子裡有一層黏黏又黑黑的形體，換句話說，就是有更深層的黑影在那裡……

「黑影的碎片竟然黏在那裡？真令人頭痛……那個只要黏住了，就很難再把它除掉了……」權杰小聲的說。

「會怎麼樣？」我偷偷的問他。

「嗯……因人而異，但是，有一點是確定的，就是如果一直覺得很害怕，卻又不去重視它的話，黑影碎片是不會消失的，還會不斷跟著他們，直到他們明白自己到底做錯什麼事情為止。」

我一邊看著在森林步道的他們，一邊心想，如果他們繼續那樣欺負人的話，黑影的碎片估計會黏著他們很久、很久。我覺得……真心承認錯誤並且道歉，的確需要很大的勇氣。

當我陷入沉思時，權杰小小聲的對我說：「未來，我的力量會越來越強大，但是，我真的可以把這些力量使用在正確的事情上嗎？」

「別擔心。」我說。

「當你覺得徬徨、猶豫不決的時候，不管何時，我都會像今天一樣，向你伸出我的手。」

「孫丹美，妳真的好厲害！」權杰說完以後，好像下定決心般的注視著我。

「我跟妳約定，那些發生在妳身上的壞事，我會想盡辦法讓黑影出現，並且擊退它們的。」

「謝謝。但是，希望以後不會再有這樣的事情發生。」我說。

「嗯。」

我和權杰凝視著彼此，在萬聖節的這一天，我們兩個人似乎悄悄的立下約定。

走在我們前面的朋友們揮著手，要我們趕快跟上，黑影跟在我們身後，我們奮力的向前奔跑。

森林廣場中，遊行已經開始了，打扮成各種角色的朋友們一邊往前走，一邊享受著愉快的氣氛。

旻載就像渡渡鳥一樣，發出啾啾的聲音，智安露出德古拉伯爵銳利的虎牙，而詩浩則不時發出震耳的老虎吼叫聲。

我把事前準備好的六條尾巴掛到背上，和朋友一同參與遊行，我抬高肩膀，像狐狸一樣仰天長嘯。

這個時候，我的三條尾巴按照順序，一一出現了！但是，根本沒有人發現……那是我真正的尾巴。

因為這一天……正是萬聖節！

第11章

離別的初雪

過沒多久，我在學校聽到一些傳聞，原來那兩個人從以前就很愛欺負弱小，以百般刁難他人聞名，所以大家都不喜歡他們。大家議論紛紛，說他們之前接近權杰還欺負他，也是這個原因。

在那之後，他們對我們已經不再具有威脅了，只是那兩個人到現在好像還踩著黑影的碎片。

偶爾在走廊上看到他們時，兩人的臉上便會浮現不安的表情，並躲避其他同學的視線。每每開口時，可能因為痛苦，話也變得越來越少。不知道從哪天開始，竟然就沒有再看到他們了……

就這樣，秋天過去，冬天悄悄的來臨。

十一月的最後一個星期五，迎來了初雪。去學校的路上，輕柔的雪飄落在我的臉頰，我到達學校時突然大雪紛飛，過了午餐時間，窗外一片白雪皚皚。

到了上課時間，老師對大家說：「今天老師有特別的事情要說。之前的體育館事件，其實是老師誤會權杰。我以為權杰推了別班同學，太晚去確認監視器。因為那時體育館的監視器剛裝設沒多久，老師完全沒想到要去確認。看了之後，才發現根本不是那樣。影片裡權杰完全沒有推人。啊！不過在權杰旁邊，我好像看到有一陣黑色的旋風迅速吹過的樣子……」

老師一邊覺得奇怪，一邊接著說：「不管怎麼樣，權杰同學，請你站起來。」

坐在最後面的權杰緩緩站了起來。

「老師誠心的向你道歉，對不起，老師誤會你了！」

一聽老師這麼說，權杰的眼睛睜得又大又圓，支支吾吾的回答：

「沒關係……」權杰收到老師的道歉後，表情瞬間開朗起來。

老師向學生道歉的場面，還真是第一次看到，真神奇！好像不只有我這樣想，有人小聲的拍著手，接著，大家紛紛拍起手來，老師難為情的低下頭。

「老師本來很擔心大家不接受我的道歉，現在覺得鼓起勇氣道歉，是個非常正確的決定，我們班的同學果然都很善良。」

老師的表情也像權杰一樣，看起來開朗許多，臉上掛著一抹微笑，接著說：

「嗯……還有一件難過的事情要向大家宣布，應該要讓當事人來跟大家說比較好。權杰，請你到前面來。」

老師說完，再次看向權杰。權杰點點頭，慢慢走到講臺。

站在我們面前的權杰，稍微猶豫了一下，原本安靜的他最終還是開口了：「站在這裡講話，其實我有點尷尬……因為我總是躲在後面，要是早知道會這樣，以前就會跟大家多說說話了。嗯……其實也不是什麼特別的事情啦！就是……我下個星期就要轉學了，所以今天是跟大家相處的最後一天。」

「什麼？」大家因為這個突如其來的消息驚呼起來！

我也愣住了，太措手不及了。

「這段日子，我雖然遇到一些惡意的欺負，不過也和大家度過了許多難忘愉快的時光，這些……都是回憶，大家要保重喔！」權杰說完這些話，立刻有人大喊——

「不要走啦！」

那是允娜。

因為她聲音太響亮了，大家的視線紛紛看向她。允娜的臉變得紅通通的，智安開玩笑的說：

「哦！白允娜……妳在告白嗎？」

允娜瞥了智安一眼。

「黃智安，可以拜託你不要那麼幼稚嗎？我只是把心裡的話說出來而已。一開始本來不覺得有什麼特別，但過去這一年，我不知不覺和權杰變成朋友，你們不也是這樣嗎？」

「對啊！好難過……」旻載說道。

「真的，好傷心喔！」

「現在可以改變轉學的決定嗎？」

「對啊，權杰，不要走啦！」希望權杰留下來的聲音此起彼落。

「不要走啦！」

允娜又再次大喊著。

就這樣，剛剛開始的「不要走」變成了一陣合唱。

「不要走，不要走，留在我們班上！」

「不要走，不要走，留在我們身邊！」

在教室裡，大家的聲音合而為一。

權杰滿臉通紅，不知所措的樣子，老師雖然試著要我們安靜下來，

但是，大家的聲音依然蓋過老師大聲咳嗽的聲音。

過了一陣子，大家好不容易安靜下來，老師微笑看著臉紅的權杰，對我們說：「離別總是令人特別的難過，而且覺得惋惜，對吧？但離別是無法阻止的，大家一起勇敢說再見吧！好好的道別也很棒呢！」

一聽老師這樣說，權杰猶豫一下後，還是開口了：「啊！嗯，這樣的話……我有個請求……」

「是什麼呢？」老師問了，權杰望著我們。

「就是……我想跟每個人握握手可以嗎？」

對於權杰的請求，我們大家異口同聲的說：「可以！」

接著，權杰走向同學，一個個向他們伸出手。現在的權杰竟然是主動伸出手的那一位！我從來沒有想過會這樣，所以真的覺得他好帥氣、好瀟灑！

露美以拳頭互碰代替握手，允娜難過的轉過身去，好像抓住卻又假裝沒抓住權杰手指的樣子，大家都用著自己特別的方式跟權杰道別。

終於，權杰走到我面前了。

「孫丹美，謝謝妳的照顧！」權杰說著，而且是以一種很勇敢的口吻說著。

我不知道我怎麼了，一個字都說不出來，只是點點頭。權杰突然說要離開，我的情緒變得有點低落。但是權杰跟我不同，他若無其事的說：「我們一定會再見面的……」

權杰笑著說：「到那個時候，妳跟我都會比現在還要成熟。」

我忍住快要流出來的眼淚，而權杰竟然一滴眼淚也沒有，他的眼睛如此明亮又清澈。我突然想到，好好跟朋友道別，說不定也是一種勇氣呢！所以我收回憂鬱的表情，用盡全力擠出笑容。

「保重喔！直到我們再次相見。」

「嗯，妳也是！」

權杰對我伸出手，我緊緊握住他的手。雖然跟平常一樣，他的手依然冷冰冰的，但是卻可以感受到他的力量，握手後，我們好好的道別了。

就這樣，權杰和初雪一起從四年二班退場了。

就像紫髮女孩說的，勇氣的尾巴是不容易出現的尾巴，但是我可以感受到她在我心裡某個地方存在著。

在那之後，我有好一陣子沒有和她交談。就算這樣，我還是感到很踏實，因為我的心裡存在著強大的力量。我一邊這樣想著，一邊安安靜靜的度過每一天，一直到了寒假，新年轉眼間也要到了。

寒假結束時，我收到了一封信，那是權杰寄給我的。內容大致是說他在新的地方過得很好……我微笑著，反覆讀了好幾次。

我身體裡其他的尾巴又是什麼樣的尾巴呢？未來會發生在我身上的事情，又會是什麼令人驚訝不已的奇特事件呢？

雖然一想到就很緊張，但也十分期待。我願意一直等待直到她們現身。就像權杰說的，我們一定會再次相見，到那個時候，期待我們兩個，不，是期待大家變得更加成熟與帥氣！

權杰的信

你……好嗎？你還在那裡吧？我先清清我的嗓子，其實我有點緊張……我是權杰，我沒有從朋友那裡收過信，這也是我第一次寫信給朋友，所以有點不知道該說什麼。

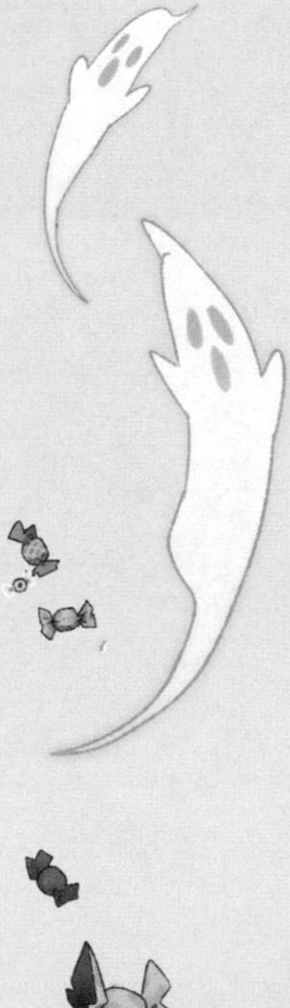

本來以為寫信這件事就像對著山洞大喊一樣，只會聽到回音。所以

我真的很好奇，你現在是否真的在看這封信，好笑吧？

過去在四年二班的那一年，跟丹美還有其他同學一起相處後，出現了很多變化，其中……也包含了我那個可怕的祕密。

其實我很害怕，不知道你會不會覺得我很奇怪，或者認為我是一個內心很黑暗的人，甚至批評我？說實話，我真的很擔心。唉……看來跟朋友相處這件事，我還是不太習慣呢！

當我懷抱著那樣的想法過日子時，我覺得我所擁有的力量，它會守護我……但是，當我經歷萬聖節的事情後，我明白了。我的內心其實同時存在「害怕」與「卑鄙」，我想說的是，希望那兩個欺負我的人也能知道，讓身邊的人難過，或自視甚高而嘲笑他人的人，需要小心一點了。

說不定……有一天黑影也會跟著你們呢！

你一定很想知道我轉到哪間學校，也很好奇我曾經發生過什麼事，對我感到好奇，這件事情真的太奇妙了。但是，我也不知道我的未來會如何？有一件事情我非常肯定，那就是我很想念丹美、其他朋友和你。

跟朋友們相處過後，我發現「朋友」其實很不錯。

最後，記得喔！你其實比你想像的還要充滿力量，所以，試著鼓起勇氣吧！如此一來，你的內在力量，有一天會無比強大的。

權杰

故事館 015

威風凜凜的狐狸尾巴 3：守護友情的勇氣之戰

위풍당당 여우 꼬리 3:핼러윈과 어둠 숨바꼭질

作　　者	孫元平
繪　　者	萬物商先生
譯　　者	吳佳音
語文審訂	吳在媖（兒童文學作家）・張銀盛（臺灣師大國文碩士）
責任編輯	陳鳳如
封面設計	李京蓉
內頁排版	連紫吟・曹任華・陳姿廷

出版發行	采實文化事業股份有限公司
童書行銷	張惠屏・侯宜廷・林佩琪・張怡潔
業務發行	張世明・林踏欣・林坤蓉・王貞玉
國際版權	鄒欣穎・施維真・王盈潔
印務採購	曾玉霞・謝素琴
會計行政	許俽瑀・李韶婉・張婕莛
法律顧問	第一國際法律事務所　余淑杏律師
電子信箱	acme@acmebook.com.tw
采實官網	www.acmestore.com.tw
采實文化粉絲團	www.facebook.com/acmebook01
采實童書FB	www.facebook.com/acmestory/

I S B N	978-626-349-310-0
定　　價	350 元
初版一刷	2023 年 7 月
劃撥帳號	50148859
劃撥戶名	采實文化事業股份有限公司
	104台北市中山區南京東路二段95號9樓
	電話：(02)2511-9798　傳真：(02)2571-3298

線上讀者回函

立即掃描 QR Code 或輸入下方網址，連結采實文化線上讀者回函，未來會不定期寄送書訊、活動消息，並有機會免費參加抽獎活動。
https://bit.ly/37oKZEa

國家圖書館出版品預行編目資料

威風凜凜的狐狸尾巴 . 3, 守護友情的勇氣之戰 / 孫元平作 ; 萬物商先生繪 ; 吳佳音譯 . -- 初版 . -- 臺北市 : 采實文化事業股份有限公司, 2023.07
192 面 ;14.8×21 公分 . -- (故事館 ; 15)
譯自 : 위풍당당 여우 꼬리 . 3, 핼러윈과 어둠 숨바꼭질
ISBN 978-626-349-310-0(平裝)
862.596　　112007779

采實出版集團
ACME PUBLISHING GROUP